http://www.bbulmedia.com

BBULMEDIA

Kerberos
켈베로스

Kerberos

11 켈베로스

BBULMEDIA FANTASY STORY
임준후 현대 판타지 장편 소설

목차

제1장

조금씩 열기를 더해가는 아침의 태양이 낮은 산봉우리 사이에 걸린 채 따스한 빛을 지상으로 뿌렸다. 햇살 아래 울창한 가지를 드리운 아름드리나무를 따라가다 보면 멀리 고풍스런 대저택의 지붕이 보였다.

계곡의 분지에 자리 잡은 저택은 넓은 정원에 둘러싸여 있었는데 니콜라 푸케의 보르비콩트 성에 비견될 정도로 규모가 크고 아름다웠다.

웅장함과 화려함이 잘 조화된 중세풍의 거대한 응접실을 뒤로하고 순백으로 장식된 테라스에 두 명의 중년인이 모닝커피를 마시며 담소를 나누고 있었다.

풍성한 연갈색의 머리카락이 매력적인 중년남자와 사자를 보는 듯 기세가 거친 거구의 사내.

에릭 브린센 공작과 팔츠 백작이었다.

대화를 나누던 그들이 잠시 입을 다물고 고개를 돌렸다.

불청객이 있었다.

에릭 공작의 심복인 안드레아스가 발소리를 죽이고 다가와 두 사람에게 허리를 숙여 인사했다.

에릭 공작의 눈에 의아해하는 빛이 떠올랐다. 안드레아스는 그가 이 시간에 방해받는 걸 무척 싫어한다는 걸 누구보다 잘 아는 부하였다.

달리 생각하면 그럼에도 불구하고 에릭의 아침 휴식을 방해할 수밖에 없는 중대한 일이 생겼다는 얘기도 되었다.

공작은 손가락에 걸고 있던 커피 잔을 탁자 위에 내려놓으며 안드레아스에게 물었다.

"안디, 무슨 일인가?"

안드레아스는 공작의 기색을 살피며 낮고 정중한 목소리로 대답했다

"제노사이드가 영국을 떠났습니다. 그런데… 행선지가

한국입니다."

에릭과 팔츠가 서로의 얼굴을 보았다.

두 사람의 얼굴에는 어리둥절해하는 기색이 떠올라 있었다.

공작이 안드레아스에게 고개를 돌리며 되물었다.

"한국? 중국의 끝자락에 붙어 있는 작은 나라의 이름이 그것이었던 것 같은데… 내 기억이 맞는가?"

조금 자신 없는 목소리이긴 했다. 그만큼 한국은 이때까지 그의 관심에서 너무 멀리 떨어져 있던 나라였다.

안드레아스가 대답했다.

"예, 공작님. 중국과 일본 사이에 있는 그 작은 나라가 한국이 맞습니다."

"그자가 갑자기 그곳엔 왜 간 건가? 어제까지 영국에 있다고 하지 않았나?"

"이유는 알 수 없습니다만, 한 가지 걸리는 건 그가 자신을 노출시킨 채로 이동하고 있다는 것입니다, 공작님."

안드레아스를 보는 에릭의 눈매가 날카로워졌다.

"히트맨인 그가 자신을 노출시키며 이동하고 있다고?"

"그렇습니다. 그에게 관심 있는 조직이라면 현재 위치

를 3분 이내에 알 수 있을 것입니다."

"따라오라는 뜻이로군."

"저도 그 외의 해석은 없다고 판단됩니다."

에릭은 팔츠에게 시선을 돌리며 입을 열었다.

"어떻게 생각하나?"

"꿍꿍이가 있겠지만 상관있겠습니까? 제가 가보겠습니다."

대답하는 팔츠의 눈에서 불꽃이 튀었다.

팔츠의 말에 에릭은 혀를 찼다.

"성질 좀 죽이게. 자네 나이가 몇인데 아직도 그렇게 성급한가."

팔츠는 입술을 꾹 물었다. 하지만 눈빛은 여전히 불을 뿜고 있었다. 파리에서 부하들이 당한 충격적인 패배의 기억이 아직 선명한 것이다.

에릭이 말을 이었다.

"꿍꿍이가 무엇인지 알고 나서 움직이는 게 나을 것 같네."

"그냥 제가 한국으로 가는 것이……."

에릭은 냉정한 얼굴로 고개를 저었다.

"아무래도 뒤에 가는 게 나을 것 같네. 누굴 앞세우는 게 좋을까……?"

대답은 안드레아스가 했다.

"동양이니까… 앙천이 적격이 아닐까 합니다, 공작님. 그들이 보낸 혈수대가 파리에서 제노사이더에게 궤멸당한 것 때문에 수뇌부의 복수심도 꽤 강한 상태라고 들었습니다. 이 소식을 들으면 굉장히 반가워할 거라고 생각합니다."

"괜찮군. 그렇게 하게."

에릭은 웃으며 안드레아스에게 고개를 돌렸다.

"안디."

"예, 공작님."

"요하네스 측에도 정보를 주게나. 많이 궁금한지 여기저기 쑤시고 다니는 게 조금 안쓰럽네."

"렌부르크 공작님께 말입니까?"

반문하는 안드레아스의 눈에 우려하는 기색이 떠올랐지만 그것은 곧 사라졌다.

"자네 마음을 아네만 그렇게 하는 게 좋겠네."

"알겠습니다. 대공께는……."

"내가 직접 말씀드리겠네. 그분도 그자에 대한 관심이 상당하시니까."

"예."

짧은 대답과 함께 안드레아스가 물러갔다.

에릭이 팔츠에게로 고개를 돌렸다.

"앞장서는 건 앙천일세, 자네가 아니고. 알겠나!"

낮지만 단호한 목소리였다.

팔츠는 입술을 불퉁거리며 마지못한 기색으로 대답했다.

"그렇게 하겠습니다."

"자네의 개입 시점은 내가 판단하겠네. 동의한다면 앙천 쪽은 자네에게 일임하지."

동의하지 않는다면 이번 일에서 배제시키겠다는 말이다.

무스펠하임의 무력을 실질적으로 담당하고 있는 백작은 네 명.

그들 중에서 에릭의 신임이 가장 두터운 사람이 팔츠였다. 그렇다 해도 에릭이 부릴 수 있는 백작은 팔츠 말고도 세 명이 더 있는 것이다.

팔츠는 고개를 숙였다.

"뜻에 따르겠습니다, 공작님."

입을 다문 두 사람은 찻잔을 입에 가져다 댔다.

커피는 이미 식은 지 오래되었지만 두 사람은 그것을

의식하지 못했다.
생각이 많아진 탓이었다.

*　　　*　　　*

검은색 대형 세단이 영종도를 벗어났다.
오후 2시의 햇살은 강했지만 차창 전체를 뒤덮고 있는 짙은 선팅으로 차 안에 누가 있는지는 보이지 않았다.
그 뒷좌석에 제이슨과 이혁이 어깨를 나란히 하고 앉아 있었다.
제이슨이 빙긋 웃으며 입을 열었다.
"미스터 리, 5년 만인데 기분이 어때?"
이혁은 심드렁한 얼굴로 창밖을 보며 말을 받았다.
"공항부터 여기까지는 크게 변한 것도 없어서 그런지 몇 년이나 떠나 있었던 것 같지가 않습니다."
이혁에게서 감개무량하다는 말까지 기대한 건 아니었지만 지나칠 정도로 무덤덤한 반응이라 제이슨은 혀를 찼다.
"어째 점점 더 재미없는 인간이 되어가는 듯하구만."
이혁은 피식 웃었다.

"훗, 이곳에서 지낼 적에도 그리 재미있다는 소리는 듣지 못했었다는 걸 제이슨도 잘 알지 않습니까?"

"그야 뭐… 그래도 세월이 좀 지났고, 이런저런 일도 많이 겪었으니 좀 재미있어지지 않았을까 하는 기대를 한 거지."

"저에게 그런 기대는 심력 낭비죠. 하지만 제 주변에서 조만간 재미있는 일들이 많이 일어날 겁니다. 그건 기대하셔도 좋습니다."

"그건 재미있는 게 아니라 골치가 아픈 일이라고 해야 맞는 걸세."

"이거나 그거나……."

이혁은 말끝을 흐렸다.

제이슨이 바로 말을 이었기 때문이다.

"마스터가 레나와 에이단, 카즈히사, 그리고 카를로스를 한국으로 파견했네. 오늘 저녁 도착 예정일세."

"휘익—"

이혁은 휘파람을 불며 말을 받았다.

"최상위 십인 중 넷이나 보냈단 말입니까?"

"그만큼 그녀가 자네를 중시한다는 뜻이겠지."

제이슨은 지난 5년 동안 이혁과 독수리의 발톱 사이의

연결 고리 겸 완충지대 역할을 해왔다.

그 과정에서 이혁과의 친분도 두터워졌고 독수리의 발톱 내부 사정에도 밝아졌다.

이제는 레나와 에이단을 처음 만났을 때 가졌던 의혹 따위는 흔적도 남아 있지 않았다.

미국 정부 내에서 그의 위상도 많이 올라갔다.

이혁과의 인연 이후 그는 CIA의 한국 책임자로는 절대로 가질 수 없는 힘을 갖게 되었다. 물론 음지에 속한 힘이긴 했지만.

이득만 있었던 건 아니었다.

위험도 비례해서 커졌다.

상상을 초월하는 초상 능력자들이 활동하는 세계에 그는 발을 깊숙이 담근 상태였다. 언제 살해당해도 이상하지 않았다.

그럼에도 그는 이혁과 인연을 맺은 걸 조금도 후회하지 않았다.

그는 초상 능력과는 거리가 먼 평범한 인물이었다. 그런데도 이런 세계에 몸담을 수 있었다는 것만으로도 이혁에게 감사할 지경이었다.

최근 5년 동안 그가 삶에서 느꼈던 스릴과 재미는 오

르가슴조차도 따라올 수 없을 만큼 강렬했다.

어차피 CIA에 들어갈 때부터 목숨에 대한 미련 따위는 버린 인생이었다. 그래서 이혁의 주변에 널린 위험은 오히려 매력이 되었다.

게다가 이 정도로 사는 재미가 있는 날들이 계속되는데 어떻게 벗어날 수가 있겠는가.

“자네가 알아서 잘 하고 있을 거라 믿고는 있네만 나도 나이가 들어가다 보니 노파심이 늘어서 말이야. 그래서 묻는 거네만… 너무 일찍 노출시킨 건 아닌가? 당장 생각하는 조직만 해도 앙천과 무스펠하임, 그리고 한국 내에 태양회가 있고… 그밖에도 여러 조직이 따라올 걸세.”

그의 얼굴에 언뜻 근심의 빛이 스쳐 지나갔다.

스파이로 잔뼈가 굵은 그가 감정에 좌우된다면 지나가는 개도 웃을 일이었다. 그럼에도 그는 진심으로 걱정하고 있었다.

이혁이 사라진다면 그는 현재의 위치를 유지할 수 없다.

하지만 그런 현실적인 이유 외에도 그는 이혁을 많이 좋아했다.

이혁은 그가 진심으로 좋아할 만큼 아주 독특한 매력

을 지닌 청년으로 성장한 것이다.

"한꺼번에 너무 많이 따라오면 상대하기가 어려울 수도 있네. 하나같이 만만찮은 능력을 가진 조직들이지 않나."

"그들 전부와 동시에 싸운다면 물론 저라도 버겁겠죠. 하지만 일이 그렇게 진행되기는 어려울 겁니다. 이곳은 오밀조밀한 한국 땅입니다. 마음 놓고 능력을 사용하기에는 많이 좁죠. 조심하지 않으면 한국 정부를 자극할 테니까요. 무엇보다도 저들이 협력할 가능성이 낮습니다."

이혁은 싱긋 웃으며 말을 이었다.

"그리고 제 노출이 그들을 유인할 의도로 행해진 건 맞지만 그것이 전투로 이어질 거라는 건 너무 앞서 나가신 겁니다."

"그럼……?"

"일단 첫 번째 목표는 저에게 관심을 가진 놈들이 얼마나 되는지 파악하는 겁니다. 저를 쫓아 한국에 들어오는 놈들을 보면 알게 되겠죠. 그러고 나서 적아를 분별해야죠. 모두 적일 수도 있지만 그들 중에 아군이 있을 수도 있으니까요."

"하나라도 자네 편이 있었으면 좋겠군."

"있으면 좋겠죠. 하지만 없어도… 크게 상관은 없습니다."

"자신만만하군."

"5년 동안 놀지는 않았으니까요."

대화를 나누는 동안 세단은 서울 시내로 접어들었다. 낮인데도 도로는 차들이 많아 세단의 속도는 40킬로를 넘지 못했다.

살짝 창문을 내리자 역한 매연 냄새가 코를 찔렀다.

이혁은 쓰게 웃었다.

그는 예전에 서울 생활을 할 때도 이곳을 그리 좋아하지 않았다. 사람과 차는 콩나물처럼 많고 공기도 나쁜 데다 다닥다닥 붙은 건물은 답답하기만 했었다.

'다시 맡아도 역시 서울 공기는 별로야. 정이 안 들어.'

상념은 저 아래 대전의 주택가로 거침없이 달려갔다.

'다들 잘 있으려나…….'

속으로 중얼거리는 이혁의 눈빛이 깊어졌다.

서울이라는 단어를 들으면 시은 외에는 떠오르는 사람이 없었다. 하지만 대전은 달랐다.

그 도시를 생각하는 것만으로도 뇌리를 가득 채울 정

도로 많은 사람의 얼굴이 떠올랐다.

이혁은 눈을 감았다.

떠올랐던 얼굴들이 빠르게 사라졌다.

이제는 가는 길이 너무 달라진 사람들이었다.

곧 머릿속이 맑아졌다.

이혁은 눈을 뜨며 제이슨에게 말했다.

“앙천과 무스펠하임, 그리고 타이요우의 움직임에 신경을 써주십시오.”

제이슨이 웃으며 말을 받았다.

“벌써 지시해 두었네. 그들이 이곳으로 움직인다면 즉각 정보가 들어올 걸세.”

“그리고 혈해의 수뇌부와 연락할 방법을 찾아주셨으면 합니다.”

“혈해와?”

“예.”

“흠…….”

제이슨은 턱을 쓰다듬었다. 그의 눈에서 곤혹스런 기색이 느껴졌다.

“어렵습니까?”

이혁의 질문에 제이슨은 고개를 끄덕였다.

"5년 전 이곳에서 있었던 사건 이후, 중국 내에서 앙천이 혈해의 씨를 말리려 들었다는 건 자네도 알지?"

제이슨이 말하는 사건은 갑하산에서의 싸움을 말하는 것이었다.

그곳에서 앙천은 적가의 장자인 적운기와 미래의 앙천 제일고수인 적무린이라는 걸출한 인재를 잃었다.

분노한 앙천의 수뇌부는 조사를 통해 혈해의 소당주인 모용산과 진혼이 연합해서 갑하산 사건이 벌어졌다는 것을 알아냈다.

적운기와 적무린을 죽인 사람이 대전 무역 전시관에 나타났던 정체불명의 복면인이었다는 것도.

한국 내 조직인 진혼은 흔적을 찾기 어려울 정도로 지리멸렬한 상태라 굳이 그들이 손을 쓸 필요도 없었고, 복면인의 흔적은 찾을 수 없었다.

결국 이를 갈던 앙천의 수뇌부는 자국 내의 조직인 혈해를 멸망시키기 위한 싸움에 돌입했다. 그것은 자연스런 수순이었다.

이혁이 대답했다.

"들은 적이 있습니다."

"싸움은 1년가량 지속되었네. 그 과정에서 앙천도 큰

피해를 입었지. 하지만 얻은 것에 비하면 충분히 감수할 정도의 것에 불과했네. 그 싸움으로 혈해는 존립이 위태로울 정도로 참담한 처지로 내몰렸으니까. 결국 그들은 모든 활동을 정지하고 잠적했네. 생존을 위해 그들이 할 수 있는 유일한 조치는 그것뿐이었지. 일전에 그들이 대륙 오지 쪽에 은신하고 있다는 정보를 본 적이 있네. 그들과 연락이 불가능하지는 않네만 시간은 좀 걸릴 걸세."

"부탁드립니다."

"알겠네. 최대한 빨리 선을 대보도록 하지."

"그리고 갑하산에 나타났던 복면인이 제노사이더라는 정보도 앙천 쪽에 흘려주십시오."

제이슨의 눈이 커졌다.

"그렇게까지 할 필요가 있겠나. 그 정보를 얻으면 자네에 대한 저들의 대응 강도가 달라질 걸세."

이혁이 흰 이를 드러내며 소리 없이 웃었다.

"그게 제가 바라는 겁니다."

그의 얼굴에서 두려움이나 걱정하는 기색을 전혀 발견하지 못한 제이슨이 고개를 절레절레 저었다.

"하여튼… 그렇게 하지."

혀를 차며 중얼거리듯 말한 제이슨이 던지듯 말했다.

"아, 참. 자네 친구 미스터 편 말일세."

이혁이 제이슨을 돌아보았다.

제이슨이 그의 친구 미스터 편이라고 할 사람은 세상에 단 한 명, 편정호뿐이었다.

제이슨이 말을 이었다.

"다른 일을 하기에 앞서, 그 친구에게 최대한 빨리 연락하는 걸 추천하고 싶네."

"그에게 무슨 일이 있습니까?"

"문제가 있는 건 아니고, 그가 대전에서 한 여자를 만났는데 그녀가 아무래도 미스 강을 닮은 것 같다는 보고서가 올라와서……."

이혁의 안색이 변했다.

제이슨의 입에서 생각지도 못했던 이름들이 연이어 나오고 있었다.

미스 강이라면 시은밖에 없다.

그가 되물었다.

"누님을 말입니까?"

제이슨은 고개를 끄덕였다.

"보고서에는 그녀인 것 같다고만 했지, 확실하다고는 적혀 있지 않았네. 5년이라는 세월이 흘렀지 않나. 그녀도 많이 변했겠지. 미스터 편에게 직접 물어보는 게 나을 거야."

말과 함께 그는 이혁에게 종이 한 장을 건넸다.

"미스터 편의 전화번호일세. 이 소식을 들으면 자네가 필요로 할 것 같아 알아놔 두었네."

이혁은 숨을 길게 들이마셨다.

가슴이 뛰고 있었다.

"고맙습니다."

* * *

부우웅.

낮은 엔진 소리와 함께 골목 안쪽으로 들어온 차가 원룸 건물 앞에서 멈췄다.

윤성희는 지친 기색으로 등을 의자에 깊숙이 묻고 눈을 감았다.

계기판의 시계는 새벽 1시 반을 넘어가고 있었다.

최근 안산 경찰서 관할 내에서 교통 사망 사고가 연이어 일어난 탓에 할 일이 산처럼 쌓였다.

상부에서는 사망 사고에 대한 대책 보고를 올리라는

쉼 없는 닦달과 함께 교통법규를 위반하는 차량과 보행자에 대한 단속 실적을 올리라고 경비교통과장을 압박하고 있었다.

어느 과든 내부에서 실질적으로 실무를 챙기는 사람은 계장이다.

당연히 안산 경찰서 경비교통과의 계장인 그녀가 동분서주할 수밖에 없었다. 덕분에 그녀는 최근 거의 매일 새벽 귀가를 하고 있었다.

오늘도 그녀는 음주단속 하는 현장을 점검한 후 퇴근하는 길이었다.

그녀는 버튼을 눌러 차의 창문을 내렸다.

일렁이는 듯한 바람이 안으로 불어 들어와 드러난 그녀의 살갗을 부드럽게 훑었다.

피로가 많이 가시는 기분이었다.

9월로 넘어가면서 밤바람이 많이 선선해진 덕분이었다.

눈을 감고 있던 그녀가 미간을 찡그리며 눈을 떴다. 들릴 듯 말 듯한 발자국 소리가 차를 향해 다가오고 있었다.

고개를 돌린 그녀는 어둠 속에서 허공에 붕 떠 있는 것 같은 흰색의 와이셔츠를 볼 수 있었다.

"계장님, 많이 피곤하신 모양이군요."

웃음기 어린 남자의 목소리였다.

윤성희는 눈살을 찌푸렸다.

그녀는 경찰대학 동기생들 중에도 기억력이 좋기로 손꼽히던 재원이었다. 한 번 들은 목소리는 10년 전 것이라도 주인을 가려낼 정도였다.

그러나 지금 들려온 목소리는 기억에 없는 낯선 것이었다.

목소리의 주인은 차에서 1미터도 떨어지지 않은 곳에서 걸음을 멈췄다.

원룸의 불이 켜진 창에서 흘러나오는 빛에 어렴풋이 사내의 얼굴이 드러났다. 삼십대 초중반으로 보이는 훤칠한 키의 잘생긴 사내였다.

의자에서 등을 떼고 앉은 그녀가 사내를 올려다보며 물었다.

"아는 사이 같지가 아는데, 누구죠?"

"나와는 초면인데 계장님은 당연히 나를 몰라야죠. 하지만 나는 요즘 계장님을 계속 지켜봐 와서 그런지 아주 친근한 사이로 느껴집니다."

정중한 듯하지만 묘한 비웃음이 어린 어조였다.

윤성희의 눈빛이 차가워졌다.

"말투를 들으니 좋은 의도로 찾아온 거 같지는 않군. 누가 보낸 거냐?"

말과 함께 그녀는 차의 문을 열었다.

그녀를 내려다보던 사내의 입가에 비웃음이 떠올랐다.

"똥오줌도 못 가리는 년이 용감한 척하긴."

툭 던지듯 말한 사내는 성큼 한 걸음 앞으로 다가서며 차문을 여는 윤성희의 긴 머리카락을 손으로 와락 움켜잡으려 했다.

사내의 움직임은 굉장히 단순하면서도 군더더기가 없었다. 그리고 빨랐다. 혹독한 훈련을 받은 자였다.

윤성희의 머리카락은 속절없이 사내의 손아귀에 휘말려 들어가는 듯했다. 하지만 그것은 착시에 불과했다.

사내의 안색이 확 변했다.

그의 손에 머리카락이 잡혀 있어야 할 윤성희가 그를 올려다보며 서늘한 미소를 짓고 있었다.

그녀의 몸은 어느새가 차 안쪽으로 30센티미터 이동한 상태였다. 당연히 그의 손은 허공을 움켜잡고 있었다.

상황은 반전되었다.

놀란 사내가 눈을 깜박이기도 전에 윤성희의 머리카락

을 잡으려던 사내의 손목은 그녀의 손아귀에 잡혔다.

질겁한 사내가 손목을 빼내려고 힘을 주었다.

사내의 손목을 제압한 윤성희는 빨래를 털듯이 자신의 손목을 비틀었다. 사내가 힘을 주는 방향으로 끌려가는 듯한 움직임이었다.

당기는 쪽으로 힘을 주면 가속이 붙는다. 그것을 예상하지 못하면 힘을 주는 쪽의 균형이 무너진다.

지금 상황이 그랬다.

사내는 너무 쉽게 손목이 당겨지는 느낌에 아차하며 힘에 변화를 주려 했다. 그러나 그의 움직임은 윤성희보다 한발 늦었다.

그럴 수밖에 없었다.

그는 예상하지 못했고, 윤성희는 의도하고 있었다.

누가 빠를지는 세 살 먹은 아이라도 알 수 있는 일이었다.

윤성희는 균형이 무너진 사내의 손목을 잡고 무서운 힘으로 잡아당겼다. 어깨가 빠지는 듯한 모습으로 사내의 상체가 끌려오더니 사내의 상체가 차대와 강하게 충돌했다.

"컥!"

사내는 격한 신음과 함께 몸을 비틀며 잡힌 팔꿈치를 회전시켰다. 그리고 오른쪽 무릎을 차문에 기대 균형을 잡으며 남은 한 손으로 자신의 손목을 잡은 윤성희 팔을 후려쳐 갔다.

역시 빠르고 군더더기 없는 움직임이었다.

하지만 그것은 윤성희의 전투력에 대한 사전 정보를 전혀 갖고 있지 않았던 그의 커다란 판단 착오였음이 바로 드러났다.

윤성희는 차가운 미소와 함께 손목을 강하게 반회전시켰다.

저항할 수 없는 강력한 힘과 함께 사내의 손목이 뒤틀렸다. 사내의 움직임은 당연히 정지되었다. 저항하면 팔목이 부러질 수밖에 없는 각도였다.

골절을 피하기 위해 사내는 어쩔 수 없이 지면을 걷어차며 텀블링하듯 몸을 회전시켜야만 했다. 하지만 그의 움직임은 헛된 것이 되었다.

그가 팔목이 돌아가는 방향으로 반회전하기도 전에 윤성희의 손목이 반대쪽으로 급격하게 방향을 틀었기 때문이다.

손목의 회전 반경은 작고 몸의 회전 반경은 너무 크다.

후자가 전자의 속도를 따라가는 건 어지간한 능력으로는 불가능하다. 그리고 사내는 윤성희보다 뛰어나지 못했다.

그래서 결과는 윤성희의 예상대로 나왔다

우두두둑!

“크악!”

손목이 부러진 사내의 얼굴이 억눌린 비명과 함께 창백하게 질렸다.

아무리 고통에 단련된 사람이라도 뼈가 부러지는 충격을 받으면 순간적일지라도 몸을 정상처럼 움직이지 못한다.

사내는 어깨를 부르르 떨며 고통에 이를 악물었다. 미세한 틈이었지만 그것으로 충분했다.

윤성희의 공격은 아직 끝난 것이 아니었다. 부러진 사내의 손목은 여전히 그녀의 손아귀에 들어 있었다.

윤성희는 한 손으로 사내의 손목을 잡은 채 다른 손으로 차 문을 열고 발로 걷어찼다.

쾅!

고통을 참으며 움직이려던 사내의 하체와 턱이 문과 부딪치며 크게 들썩거렸다. 그의 입에서 저절로 신음 소리가 났다.

"크윽."

윤성희는 냉정한 눈으로 사내를 보며 잡은 그의 손목을 차 안으로 잡아당겨 비틀며 드러난 그의 팔꿈치를 역방향으로 눌렀다.

사내가 대처할 여유를 주지 않는 순간적인 손놀림이었다.

콰드득!

팔꿈치 뼈가 부러지며 팔이 직각으로 꺾였다.

"으으윽!"

윤성희의 손이 팔꿈치를 떠나 사내의 어깨를 잡으며 팔을 또다시 비틀었다.

콰작!

이번에는 사내의 어깨뼈가 단숨에 부러져 나갔다.

"……!"

이제 사내는 비명도 지르지 못했다.

부러진 사내의 팔을 잡은 윤성희는 강하게 힘을 주어 그것을 당겼다. 사내의 몸이 힘없이 따라왔다.

윤성희의 손끝이 사내의 튀어나온 목젖을 강하게 찔렀다.

푸욱!

비명도 지르지 못한 사내의 눈동자가 뒤로 넘어가며 흰자가 눈을 꽉 채웠다.

윤성희는 손을 놓았다.

사내의 몸이 스르르 미끄러지듯이 지면으로 무너져 내렸다.

털썩.

윤성희는 차문을 열고 밖으로 나왔다.

인적이 끊어진 새벽 거리는 고요한 침묵에 잠겨 있었다.

그녀는 사내의 등을 잡고 들어 올려 차에 실었다. 놀랍게도 그녀는 80킬로그램은 나갈 법한 사내의 몸을 공깃돌처럼 가볍게 다루었다.

그때였다.

[그자들이다.]

그녀의 머릿속에 맑은 음성이 울려 퍼졌다. 나이 든 남자의 목소리였다. 하지만 그 음성은 맑았고 강력한 힘이 실려 있었다.

윤성희는 아무도 없는 거리의 한곳을 보며 고개를 숙였다.

"예, 스승님."

마치 바로 앞에 사람이 있는 듯한 태도와 목소리였다.

제2장

윤성희는 고개를 들었다.

방금 전까지 텅 비어 있던 그녀의 앞에 누군가 나타나 있었다. 그는 자주색 개량 한복을 입은 왜소한 체구의 노인이었다.

노인은 깊은 생각에 잠긴 눈으로 차 안에 널브러져 있는 사내를 바라보았다.

윤성희는 그의 생각을 방해하지 않기 위해 침묵을 유지했다. 노인이 고개를 들어 그녀를 본 건 1분 정도가 지난 후였다.

"태양회는 네 삼촌이 죽은 후 지금까지 너를 지켜보기

만 했다. 오늘처럼 너를 공격한 적은 한 번도 없었지. 그건 언제든 네 신병을 확보할 수 있다고 그들이 자신하고 있었기 때문일 게야. 그랬던 자들이 오늘 갑자기 너에게 무력을 행사했다. 왜 그랬을까? 그건 너에 대한 그들 내부의 지침이 바뀌었기 때문이라고 보는 게 합리적이지. 그런데 이유가 뭘까? 너는 짐작이 가는 게 있느냐?"

"지금은 정확한 판단을 내리기 어려워요. 그러기에는 정보가 너무 부족해요. 하지만 이유를 알아내는 데 오랜 시간이 걸리지는 않을 거예요."

윤성희의 대답에 노인은 고개를 끄덕이며 말을 받았다.

"진혼이 궤멸된 후 태양회는 거칠 것 없이 세력을 키웠다. 그들로서는 당연한 일이었겠지만 그로 인해 자신들 조직의 내부 깊은 곳이 노출되기 쉬워졌다는 것은 자각하지 못했다. 조심성이 없어진 탓이지. 덕분에 내겐 더 많은 기회가 생겼다."

노인의 부드러운 시선이 윤성희를 향했다.

"그들이 너를 노린 건 내게도 뜻밖이었다. 그들이 너를 직접 노릴 만큼의 가치가 네게 있다고는 생각하지 않았었거든. 내가 모르는 것이 있는 듯하구나. 너도 찾아보거라, 나도 그게 뭔지 알아보마."

"알겠습니다, 스승님."

윤성희는 고개를 깊이 숙였다.

그녀가 다시 고개를 들었을 때 노인의 모습은 보이지 않았다. 차 안도 비어 있었다. 그곳에 있어야 할 사내의 모습도 노인과 함께 사라진 것이다.

이미 예상하고 있었던 듯 윤성희의 표정은 별다른 변화를 보이지 않았다.

그녀가 노인을 만난 건 갑하산 사건이 세간의 관심에서 조금씩 멀어져 가던 5년 전 초겨울이었다.

노인은 그녀가 궁금해하던 많은 것을 알고 있었다. 그리고 그녀에게 삼촌의 죽음에 얽힌 비밀을 추적할 수 있는 힘을 줄 능력이 있었다.

당시 복수를 위한 길을 찾지 못한 채 좌절하고 있던 윤성희는 망설이지 않고 노인이 원하는 대로 그와 사제지간을 맺었다.

그 후 윤성희는 노인에게서 많은 것을 배웠다.

무술도 그것들 중 하나였다.

5년이 지난 지금, 그녀를 순수한 육체적인 능력만으로 이길 수 있는 사람은 세상에 존재하지 않았다.

그녀를 상대하기 위해서는 상상 속에서나 가능한 초월

적인 능력이 필요했다.

쓰러진 사내가 그것을 증명하고 있었다.

3층에 있는 자신의 원룸에 들어온 윤성희는 쓰러지듯 소파에 앉아 휴대폰을 꺼냈다. 그리고 저장된 단축 번호를 눌렀다.

신호가 몇 번 간 뒤 누군가 전화를 받았다.

[계집애가 웬일이래? 자정이 넘은 이 시간에 먼저 전화를 다하고? 전화할 때마다 바쁘다면서 번번이 씹어버리더니.]

투덜거리는 목소리는 피곤에 잠겨 있었다.

윤성희는 피식 웃으며 입을 열었다.

"수하야, 나 방금 전에 납치당할 뻔했어."

전화의 상대방은 이수하였다.

[뭐?]

정신이 번쩍 든 듯 이수하의 말투가 대번에 높고 날카롭게 변했다. 윤성희는 이런 일로 농담하는 스타일이 아니었다.

[괜찮은 거야? 다치진 않았어?]

"응, 다친 곳은 없어."

[휴우… 다행이다. 그놈은?]

"호신용 가스총 한 방 쐈어. 그거 맞으니까 도망가더라."

윤성희의 대답은 사실과 많이 달랐다. 하지만 이수하는 별 의심 없이 넘어갔다. 상대는 경찰 대학 시절부터 빈틈이 없기로 유명했던 윤성희였으니까.

[아깝네. 신고는?]

"안 했어."

[왜? 잡아야 되잖아?]

"설령 경찰이 그놈을 잡는다고 해도 배후를 캐낼 수 있는 자들이 아니야."

[그게 무슨 소리야?]

이수하의 목소리에 긴장된 기색이 역력해졌다.

"수하야."

이수하를 부르는 윤성희의 목소리가 신중해졌다.

[이 계집애가 갑자기 무게를 잡고 지랄이야. 할 말 있으면 그냥 해. 닭살 돋게 분위기 잡지 말고.]

팔을 벅벅 긁어대는 이수하의 모습이 떠올라서 윤성희는 피식 웃고 말았다

"말투하고는……."

그녀가 웃으며 말을 이었다.

"5년 동안 내가 알아낸 것들이 조금 있어. 만나서 얘기하자."

[뜬금없이 뭘 알아냈다는 거야?]

"무역전시관과 갑하산 사건의 범인과 배후."

[농담하는 거지? 윗사람들이 관련된 모든 것을 지우고 싶어 해서 접근 자체가 불가능한 파일이 되어버린 사건이잖아. 내가 별의별 방법을 다 동원해도 접근할 수가 없었는데, 교통경찰이 무슨 재주로 그것들에 대해 알아내?]

"듣고 싶은 마음이 없나 보지? 네 남자 친구 얘기도 포함되어 있는데 말이야."

그 한마디가 상황을 종료시켰다.

"……."

잠시 말이 없던 이수하가 불쑥 던지듯 말했다.

[뻥이면 아무리 너라도 죽을 줄 알아!]

"나도 내 목숨 귀한 줄 아는 여자니까 염려하지 마."

이수하와 만날 시간과 장소를 정한 윤성희는 전화를 끊었다.

그녀는 정보를 분석하는 데 탁월한 재능을 가진 여자였다. 그리고 경찰이라는 직업은 그녀의 능력을 극대화시켰다.

그녀의 두뇌가 팽이처럼 빠르게 돌아갔다.

오늘의 납치극은 실패다. 예상했던 것도 아니었다. 정보는 빈약할 수밖에 없었다. 그럼에도 그녀는 나름의 가정을 세운 상태였다.

소파에 길게 누운 그녀는 눈을 감았다.

“내 가정이 맞다면… 이혁, 그가 돌아왔을 가능성이 커……. 미안해, 수하야.”

그녀의 휴대폰은 보안이 완벽해서 도청이 불가능했지만 이수하의 휴대폰은 그렇지 않았다.

경위라는 간부급 경찰이긴 해도 그녀는 지방의 경찰서 현장에서 일하고 있는 일개 형사에 불과했다. 도청이 불가능한 휴대폰을 지급받을 계급도, 직책도 아닌 것이다.

때문에 당연히 누군가 이수하의 핸드폰을 도청, 감청한다면 그녀들이 나눈 대화 내용을 어렵지 않게 확보할 수 있었다.

*　　　*　　　*

문지석은 깊게 호흡을 하고 집무실의 문을 두드렸다.

똑똑.

"회장님, 접니다."

"들어오게."

문을 열고 들어선 문지석은 의자에 깊숙이 몸을 파묻고 있는 박대섭을 볼 수 있었다.

커튼이 열린 창으로 쏟아져 들어온 햇살이 집무실을 환하게 밝혔다. 아직 8시밖에 되지 않은 이른 아침이었지만 박대섭의 얼굴에 잠기운은 찾아볼 수 없었다.

문지석은 들어서자마자 허리부터 깊숙이 숙였다. 박대섭이 이렇게 이른 아침부터 그를 기다리는 일은 흔하지 않았다.

그 이유를 알기에 그는 허리부터 꺾은 것이다.

박대섭의 미간이 좁아졌다.

허리를 펴는 문지석의 안색은 굳어 있었다. 보고 내용이 좋은 것이라면 저런 표정을 할 그가 아니었다.

그가 입을 열었다.

"일이 잘 안 풀렸나 보구만."

문지석이 두 손을 앞에 모으며 대답했다.

"죄송합니다, 회장님. 실패했습니다."

"왜?"

"우리가 그녀를 너무 쉽게 생각한 듯싶습니다. 그녀가

히트맨을 처리할 정도로 격투에 능할 거라고는 생각지 못했습니다."

"그녀가 무술을 수련했다는 자료가 없었나?"

"그렇지는 않습니다. 공식적으로 검도와 합기도가 각 2단, 도합 4단이긴 합니다만 그 정도로는 오늘 그녀가 보여준 격투 능력을 설명하기 어렵습니다. 그녀에게 보낸 히트맨은 종합 무술 17단이고, 실전을 10년 이상 치르며 수십 명을 죽인 경험이 있는 인물이었습니다."

박대섭은 입을 다물고 잠시 천장을 응시했다.

그의 시선이 다시 문지석을 향했다.

"그런 자가 실패라… 그렇게 비밀이 많은 여자는 아니라고 보았는데. 완전히 잘못 짚었구만. 아니, 기대했던 대로라고 해야 하는 건가……."

실패했다는 보고를 들었는데도 박대섭은 화가 난 기색이 아니었다. 화를 참는 게 아니라 그는 정말로 화를 내고 있지 않았다.

"죄송합니다, 회장님."

"실패의 가능성을 완전히 배제했던 건 아니지 않나. 실패해도 건질 게 있을 거라고 말한 사람도 다름 아닌 자네였고. 그래, 이번 실패에서 뭔가 건진 것이 있기는 했나?"

박대섭이 화를 내지 않았던 것은 이것 때문이었다.

문지석은 그에게 이번 습격은 성공하든 실패하든 얻는 것이 있을 것이라고 보고한 후 일을 진행했던 것이다.

"히트맨을 지켜보라고 보낸 두 명이 격투 장면 이후부터는 아무것도 보지 못했다고 합니다. 그들은 히트맨이 윤성희에게 접근하는 걸 보기는 했지만 그 이후 무슨 일이 벌어졌는지는 모르고 있었습니다. 보지 못했다는 것보다 당시의 기억이 뇌에서 제거된 것이 아닌가 생각됩니다."

"기억 소거?"

"그렇습니다."

"흥미롭군."

말한 것처럼 강하게 흥미를 느끼는 듯 박대섭의 눈이 번뜩였다. 그는 손가락 끝으로 의자의 팔걸이를 가볍게 두드리며 말을 이었다.

"또 다른 건 없나?"

"히트맨이 실패한 직후 윤성희와 이수하가 통화한 내용을 확보했습니다. 며칠 후에 만날 약속을 하더군요."

"흠……."

박대섭은 깔끔하게 면도된 턱을 어루만졌다.

문지석의 숨소리가 잦아들었다. 그는 고개도 들지 못

했다. 무심한 듯 그를 보며 생각에 잠긴 박대섭의 눈빛이 소름 끼칠 정도로 스산했기 때문이다.

박대섭이 입을 열었다.

"그럼 두 가지를 건진 거로군. 기억 소거를 할 수 있을 정도로 뛰어난 능력자가 여자를 돕고 있다는 것. 그리고 그녀가 이수하와 만날 약속을 잡았다는 것. 앞으로 그 두 가지가 사실로 확인된다면 나나미의 목에 꽤나 힘이 들어가겠구만."

"그렇… 겠지요."

말을 받는 문지석의 얼굴에 떨떠름한 기색이 떠올랐다.

"나나미는 어디에 있나?"

"예, 그녀는 제게 결과를 보고한 후 바로 대전으로 출발했습니다. 지금쯤이면 평택을 지나고 있을 겁니다."

박대섭은 고개를 끄덕이며 말했다.

"다른 말은? 이 작전을 강력하게 주장하고 현장을 지휘했던 것이 그녀였지 않나."

"나나미가 윤성희와 연결된 능력자가 있고, 그가 고대 조선 육대무맥 중 하나의 후인일 가능성이 크다고 했던 걸 기억하실 겁니다. 이번 일로 그녀는 윤성희와 연결된 무맥의 후인이 삭월비검향으로 추정된다고 했습니다."

"왜?"

"강제 기억 소거 능력을 가지고 있다고 알려진 무맥은 비검향뿐이기 때문입니다. 물론, 아는 사람이 극히 드물고 확인되지도 않은 떠도는 말에 불과하긴 합니다만."

"서양 쪽의 초상 능력을 배제하지 않는다면 다른 자도 용의선상에 올릴 수 있을 텐데?"

"물론 그렇습니다. 그러나 그들이 윤성희와 연결되었을 가능성은 전무에 가깝습니다. 나나미의 정보망에 서양 쪽 인물과 윤성희가 연결된 흔적은 나오지 않았다고 했습니다. 무맥의 후인이 윤성희 주변에서 움직이고 있다는 희미한 흔적은 발견되었지만요."

"나나미의 정보망이라……."

낮게 혼잣말하는 박대섭의 눈이 가늘어졌다.

그의 말이 이어졌다.

"그래, 대단한 정보망이긴 하지……."

박대섭은 다시 손가락 끝으로 팔걸이를 톡톡 두드렸다.

그가 낮은 음성으로 중얼거렸다.

"나나미는 5년 전 사라진 이혁이라는 꼬마가 사신암왕류의 후인일 가능성이 있다고 했다. 그를 찾아내기 위해서는 이수하를 감시해야 한다면서… 이 두 여자를 감시하면 전설 속에 사라진 두 무맥의 후계자를 만날 수 있고, 그들에게서 초인 연구의 잃어버린 고리를 발견할 수 있을지도 모른다고도 했지.”

그는 자리에서 일어나 뒷짐을 지고 천천히 집무실을 거닐었다.

1분여 동안 말없이 집무실을 거닐던 그가 문지석을 보며 불쑥 물었다.

“그런데 왜 어젯밤이었을까? 이전에도 습격의 기회는 얼마든지 있었는데. 계획도 실행도 지나치게 갑작스러웠다는 생각, 들지 않나?”

문지석은 즉시 대답하지 못했다.

답을 알고 있지 못했기 때문이다.

그때였다.

호주머니가 미세하게 진동했다. 그는 난감한 기색으로 박대섭을 눈치를 살피며 휴대폰을 꺼내어 액정에 뜬 이름을 보았다 .

안색이 살짝 변한 그가 고개를 들어 박대섭에게 말했다.

“받아보아야 할 것 같습니다, 회장님.”

박대섭의 눈이 번뜩였다.

문지석을 비롯한 부하 중에 그와 대화하면서 다른 자

의 전화를 받는 경우는 거의 없었다.

무례한 짓이기 때문이다. 당연히 이번과 같은 경우는 아주 드물었다. 그리고 예외는 상대가 특별하지 않다면 있을 수 없는 일이었다.

"누군가?"

"앙천입니다."

박대섭은 눈살을 찌푸리며 고개를 갸웃했다. 최근 수년간 앙천 측에서 그에게 먼저 연락한 적은 없었다. 그럴 만큼 중요한 사건도 없었고.

"그들이? 받아보게."

문지석은 휴대폰의 수신 버튼을 눌렀다.

중국어로 이루어진 대화는 길지 않았다.

전화를 끊은 문지석이 박대섭을 보며 말했다.

"제노사이더라는 청부업자가 한국에 온 모양입니다. 그들은 그자를 제거하기 위해 정예를 우리나라로 보냈는데 도움을 주기를 희망하고 있습니다."

"우리에게 도움을? 제노사이더라는 자가 상대하기 쉽지 않은 강자인 모양이로군."

박대섭의 입매가 뒤틀리며 기묘한 미소가 떠올랐다.

그가 중얼거렸다.

"어젯밤의 습격도, 앙천의 협조 요청도 너무 급작스럽긴 매한가지야. 그런데 이 두 가지가 연결된 일인 것 같은 느낌이 드는 건 나만의 착각일까……."

그의 매처럼 차갑게 빛나는 눈동자가 문지석을 향했다.

"문 실장."

"예, 회장님."

"제노사이더에 대해 조사해 보도록 하게. 아무래도 그 자가 내 의문의 열쇠를 쥐고 있는 듯하네."

"알겠습니다."

문지석은 고개를 숙이며 대답했다.

집무실을 나서는 그의 걸음이 바빠졌다.

지시가 떨어지면 최대한 빠른 시간 내에 박대섭이 원하는 결과를 가져다주는 것이 그의 일인 것이다.

혼자 남은 박대섭은 눈을 감았다.

오늘따라 그의 눈가에 드리워진 잔주름의 수가 많았다. 다른 때에 비하면 생각할 것이 몇 배는 많아진 아침이었다.

*　　　*　　　*

크루즈 콘트롤로 통제되는 자동차의 속도 계기판은 100킬로미터를 가리키고 있었다.

한 시간 가까이 변함없이 유지되고 있는 속도여서 나나미는 지루함에 하품이 나오는 것을 참기 어려웠다.

“후아아아악!”

하품의 끝은 비명과 비슷했다.

톤도 높아서 모르는 사람이 들으면 영락없이 무슨 큰 일이 났다고 오해하기 딱 좋았다.

운전하고 있던 황명훈이 흘낏 백미러를 들여다보며 한숨과 함께 투덜거렸다.

“나나미, 그 이상한 하품 소리 좀 고치라니까! 듣는 사람 놀란다고 몇 번을 말해야 알아듣냐고.”

“너도 참 질기다. 5년이나 들었는데 아직도 익숙해지지 않은 거야?”

나나미는 황명훈을 타박하며 말을 이었다.

“30년 가까이 이렇게 하품해 왔는데 그런 말 듣는다고 고쳐지겠어?”

“누가 이기나 보자고. 고쳐질 때까지 잔소리할 테니까.”

“맘대로 하시지.”

아무렇게나 대답한 나나미는 피식 웃으며 시트에 기댔다.

두 사람은 어디서나 볼 수 있는 평범한 청춘 남녀의 말투로 대화를 나누고 있었다.

그들의 신분을 아는 사람이라면 고개를 갸웃거릴 모습이었지만 실상을 알고 나면 이상한 일도 아니었다.

황명훈은 박대섭의 배려로 5년 전부터 그녀의 보디가드로 일해 왔다.

그는 훤칠한 외모와 탁월한 경호 실력을 갖춘 데다 성격까지 좋은 남자였다. 박대섭의 신뢰도 두터웠다.

나나미도 맺힌 데가 없는 성격에 나이도 동갑이라 둘은 만난 지 얼마 되지 않아 친구가 되었다.

그리고 얼마 지나지 않아 그들의 관계는 친구의 수준을 넘어섰다. 하지만 그것을 아는 외부인은 아무도 없었다.

두 사람의 내밀한 관계가 노출되었다면 아무리 박대섭의 신뢰가 두텁다 해도 황명훈은 즉시 교체되었을 것이다.

두 사람은 제3자가 있는 곳에서 대화를 나눌 때는 지금과 같은 말투를 사용하지 않았다.

황명훈이 궁금한 듯 물었다.

"그런데, 제노사이더가 이혁이라는 놈이라고 확신하는 거야?"

나나미는 고개를 끄덕였다.

"99퍼센트."

황명훈은 피식 웃었다.

"그냥 100퍼센트라고 해라. 어디서 나온 정보인지 말해줄 수 있어?"

"일본에 머물고 있는 오빠가 전해준 정보야."

"네 오빠가?"

황명훈은 나나미의 오빠를 만나본 적이 없었다. 하지만 함께 있는 동안 오빠라는 사람의 놀라울 만큼 뛰어난 능력을 엿볼 수 있었던 사건이 몇 번 있었다.

나나미가 고개를 끄덕였다.

"응, 원 출처가 어딘지는 말해주지 않았고. 짐작이 가는 데가 있기는 한데 정확하지 않아."

"오빠라며? 출처가 어딘지는 무슨 상관이야. 그냥 믿으면 되지."

황명훈의 말에 나나미는 빙긋 웃으며 말을 받았다.

"응, 오빠니까."

황명훈이 진지해진 얼굴로 말했다.

"그런데 이혁이라는 놈, 무역전시관과 갑하산에 나타났던 복면인과 동일 인물일 수도 있다며?"

"맞아, 명훈 씨. 그래서 회장님도 그를 주목하고 있는 거고."

"음지를 떠돌고 있는 복면인의 동영상을 본 적이 있어. 괴물 같은 전투력의 소유자던데. 조심해야 할 거야."

"싸움은 주먹만으로 하는 게 아니잖아. 정면으로 붙는다면 당연히 위험하겠지만 그런 상황이 벌어질 일은 없을 거야."

황명훈은 힐끗 나나미를 돌아보며 부드럽게 웃었다.

"네가 하는 일이니까 어련히 알아서 잘하겠지만 조금 걱정이 돼서."

"명훈 씨 마음 알아. 걱정 안 해도 돼."

"그래."

딩동딩동.

문자메시지가 왔다는 알림음이 연이어 차 안을 울렸다. 나나미는 옆에 놓아두었던 손가방 안에서 휴대폰을 꺼냈다.

휴대폰을 열고 문자를 본 그녀의 손가락이 바쁘게 움직였다.

답장을 보낸 나나미는 휴대폰을 닫고 창밖으로 시선을 옮겼다.

눈빛이 깊어져 있었다.

나나미가 입을 다물고 생각에 잠기는 기색을 보이자 황명훈은 다시 운전에 집중했다.

"일이 내가 예상했던 것보다 훨씬 많이 커지는 거 같아, 명훈 씨."

나나미가 불쑥 던진 말에 황명훈은 움찔했다.

"그게 무슨 소리야?"

"앙천이 제노사이더를 노리고 한국에 들어왔어. 대전으로 이동 중이래."

나나미의 보디가드가 된 후 황명훈이 보고 들은 건 상당히 많았다. 그래서 '앙천' 이라는 그녀의 한 마디로도 돌아가는 사정을 어렴풋이나마 유추할 수 있었다.

"앙천이? 그럼 제노사이더와 이혁, 그리고 복면인이 동일인이라는 정보가 사실이라는 거군."

나나미는 고개를 끄덕였다.

"확실해진 것 같아."

입을 다문 그녀는 휴대폰의 메시지 창을 열었다. 그리고 어딘가로 한 통의 문자를 보냈다.

창밖으로 고속도로 이정표가 보였다.

대전이 가까워지고 있었다.

*　　　*　　　*

대전 유성구의 엑스포 공원.

서편으로 뉘엿뉘엿 해가 질 무렵 청바지에 흰 티를 걸친 청년이 공원으로 들어섰다.

지나는 다른 남자들보다 주먹 하나는 더 큰 장신의 그는 건장한 체구와 뚜렷한 이목구비의 소유자로 이십대 중반쯤의 나이로 보였다.

그는 터덜거리며 공원 구석에 있는 벤치로 걸어가 털썩 주저앉았다. 그리고 두 팔을 벌려 벤치의 등받이에 턱하니 올려놓았다.

잠시 목을 이리저리 돌리며 푸는 시늉을 하던 그는 초점이 풀려 멍하게 보이는 눈초리로 지나가는 사람들을 지켜보기 시작했다.

풍경화 속의 인물처럼 눈만을 움직여 사람들을 지켜보던 그의 자세가 조금 변한 건 십여 분이 지났을 때였다.

그는 살짝 고개를 옆으로 꺾으며 눈을 가늘게 떴다. 정면에서 온몸이 근육으로 뭉친 듯한 사내가 걸어오고 있었다.

삼십대 초반 정도로 보이는 그는 검은 양복을 입고 있

었는데 상체의 근육이 얼마나 발달했는지 양복이 부풀어 터질 것 같았다.

그는 벤치에 앉아 있는 청년의 앞까지 와서 걸음을 멈췄다.

청년이 사내를 올려다보았다.

눈이 마주친 그들은 피식하며 동시에 웃었다.

근육질의 양복 사내, 편정호가 먼저 말문을 열었다.

“세월이 흐르긴 한 거 같은데… 네가 좀 노안이긴 했지만 그래도 그렇지 어째 변한 게 하나도 없어 보이냐?”

“남 말 하지 마라. 그놈의 망치처럼 목이 보이지 않는 건 너도 여전한데 뭘.”

이혁의 심드렁한 말대꾸에 편정호가 입술을 불퉁거렸다.

“망치가 아니라 워해머라고 몇 번을 말해야 기억하겠냐. 단세포처럼 머리 나쁜 것도 여전하네. 그리고 형님한테 반말하는 거 보니까 싸가지 밥 말아 먹은 것도 그대로인 거 같고.”

이혁은 천천히 자리에서 일어나 손을 내밀었다.

편정호는 그 손을 꽉 움켜잡고 이혁을 얼싸안았다.

“무소식이 희소식이라고 믿었다. 너 정도 되는 놈이

객지에서 매가리 없이 죽지는 않았을 거라고 생각했다."

툴툴거리는 말투였지만 진정이 그대로 전해져 왔다.

이혁은 낮게 웃으며 말을 받았다.

"흐흐흐, 떨어져라. 난 남자는 취미 없는 사람이야. 벌써 잊었냐?"

편정호는 이혁에게서 떨어지며 툭 던지듯 말했다.

"역시 재수 없는 것도 변하지 않았군."

두 사람은 벤치에 나란히 앉아 지나가는 사람들을 물끄러미 바라보며 잠시 말이 없었다.

9월로 접어들고 있었지만 날은 여전히 더웠다.

공원을 노니는 시민들은 가족 단위나 연인으로 보였다. 그들 대부분은 반바지나 치마에 반팔을 입은 차림새였다.

사람들을 쳐다보던 이혁이 먼저 물었다.

"많이 변했냐?"

"암흑가는. 다른 곳은 잘 모르겠다."

"아는 것만."

"서복만이 죽은 후 상산의 이자룡은 약속을 지켰다. 그는 대전을 내 영역으로 인정했고, 지원을 아끼지 않았다."

"평생의 라이벌을 치워줬는데 그 정도는 해야지."

편정호가 소리 없이 웃으며 말을 받았다.

"너, 전보다 여유가 많아진 것 같다."

"변한 게 없는 것 같아도 그건 착시일 뿐이야. 세월 속에 변하지 않는 건 없어."

"쳇, 철학하는 건달 한 놈 나왔군."

"흐흐흐."

편정호의 투덜거림에 이혁은 절로 웃음이 났다.

5년 세월이 어디로 갔는지 흔적도 찾기 어려웠다. 마치 어제 헤어졌던 친구를 만난 느낌이었다.

편정호가 말을 이었다.

"네가 정말 궁금한 거, 다른 무엇보다 미스 강에 대한 거겠지?"

이혁의 눈빛이 강해졌다.

"두말하면 잔소리지."

"장소를 옮기자. 그래도 따라붙을 놈은 있겠지만, 오랜만의 만남인데 소주라도 한잔해야지."

편정호는 자리에서 일어나며 이죽거리듯 말했다.

"예전에는 애였지만 이제는 너도 성년이잖냐!"

이혁의 눈매가 와락 일그러졌다.

편정호의 뒤끝도 여전했다.

제3장

레나의 얼굴은 붉게 달아올라 있었다. 감정이 복받쳐서 그렇게 변한 것인데 그 정체는 분노였다.

"제이슨!"

무서운 눈으로 제이슨을 노려보던 레나가 결국은 참지 못하고 소리를 질렀다.

마른하늘에 날벼락이 치는 듯했다. 건물이 뒤흔들리며 먼지가 비처럼 쏟아졌다. 굉음이라고 해도 어색하지 않을 고함 소리였다.

제이슨은 양 손바닥으로 귀를 막으며 있는 대로 인상을 썼다.

"릴렉스 레나, 릴렉스. 계속 그러면 건물이 무너질 걸세. 이 건물은 지은 지 40년이 넘은 거라 내구성이 바닥이란 말일세!"

릴렉스라는 말은 레나를 진정시키기는커녕 오히려 그녀의 화를 더 돋웠다.

"지금 그걸 말이라고 해요? 켄이 해달란다고 그렇게 일처리를 하면 어떡해요! 제이슨이 일을 그렇게 한 덕분에 한국 땅이 몬스터 같은 놈들로 가득 찼다고요!"

제이슨은 한숨을 내쉬며 이번에는 두 손가락으로 귀를 막아버렸다. 그리고 레나의 옆에서 빙글거리며 웃고 있는 사람들 중 그나마 친한 에이단에게 도움을 요청하는 눈길을 보냈다.

에이단이 웃으며 레나의 어깨에 손을 올려놓았다.

"레나, 제이슨에게 화 낼 일이 아니라는 거 잘 알잖아. 켄이 그렇게 하겠다고 하는데 제이슨이 무슨 수로 그의 고집을 꺾을 수 있었겠냐고."

"아무리 그래도 그렇지!"

레나는 에이단에게 고개를 홱 돌렸다.

불똥이 튀는 것처럼 환하게 빛나는 눈동자였다. 어지간한 사람은 보는 것만으로도 심장마비에 걸릴 것처럼 무서운 눈이었지만 에이단은 웃으며 그녀의 눈을 마주했다.

에이단의 눈은 레나와 달리 부드럽고 온화했다.

레나의 눈동자에서 조금씩 힘이 빠져나갔다.

"하… 상황이 진짜 살벌해졌어, 에이단. 이건 장난이 아니잖아. 진짜 위험해. 그를 모르는 사람이 보면 자살이라도 하려는 건 아닌지 의심해도 할 말이 없을 행동이잖아. 대체 켄은 무슨 생각을 하고 있는 거야?"

그녀의 목소리가 평소의 톤으로 돌아온 것을 느낀 제이슨이 귀에서 손가락을 떼며 입을 열었다.

"일단 다들 앉아. 앉아서 얘기하자고."

레나는 조금 전 도착했다. 그리고 응접실에 들어서자마자 그녀는 있는 대로 소리를 질러댔다. 덕분에 모두 자리에 앉지도 못한 상태였다.

제이슨은 걱정스런 눈으로 천장을 올려다보았다.

그의 시선이 닿은 천장과 벽은 세월의 흔적이 역력한 나뭇결로 뒤덮여 있었다.

현대식 응접실로 개조하긴 했지만 이 저택은 한옥이었다. 그래서 주된 건축 재료도 목재였다.

게다가 지은 지 40년이 넘었다는 그의 말은 과장이

아니어서 이 건물의 내구성은 정말 약했다.

그는 정이 깃든 눈으로 사방을 둘러보다가 레나에게 고개를 돌리며 말했다.

"레나, 난 은퇴하면 여기에서 여생을 보낼 생각이라네. 부탁이니까 이 저택을 아껴주었으면 좋겠네만."

"자꾸 쓸데없는 소리하면 아예 이 건물을 가루로 만들어놓고 대화를 시작할 수도 있어요, 제이슨."

레나의 목소리는 평온했지만 그 협박의 강도는 엄청나게 셌다.

제이슨의 눈이 움찔했다.

화가 난 레나를 제어할 수 있는 사람은 온 세상을 통틀어 딱 세 명뿐이었다. 이혁과 에이단, 그리고 마스터가 그들이었다.

다행스럽게도 이 자리에 그 셋 중의 한 명인 에이단이 있었다. 그가 없었다면 제이슨은 레나에게 크게 곤욕을 치러야 했을 것이다.

제이슨이 입을 열었다.

"레나, 나도 걱정이 되어서 켄을 많이 말렸네. 하지만 에이단의 말처럼 그는 자신의 뜻을 굽히지 않았어. 내가 어떻게 할 수 없었단 말일세. 어차피 일은 벌어졌고, 지금은 다툴 때가 아니라 켄의 의도를 분석하고 그를 어떻게 지원할 것인지를 고민해야 할 때가 아닐까 싶네. 켄과 마스터의 만남도 진행해야 할 것이고."

많이 진정된 터라 레나는 선선히 고개를 끄덕였다.

제이슨의 말이 옳았다.

그에게 화를 내보았자 변하는 것이 있을 리 없었다. 제이슨은 이혁과 친분이 남달랐지만 그를 통제하지는 못했다.

제이슨이 말을 이었다.

"그나저나 네 사람이 한꺼번에 움직이는 걸 보는 건 처음인 것 같군."

그의 말에 레나와 에이단은 자신들의 옆에 있는 두 사람을 힐끗 보았다.

응접실에는 그들 외에도 두 사람이 더 있었다.

삼십대 초반으로 보이는, 이목구비의 선이 가늘고 고운데다 피부가 흰 미남 스타일의 동양 남자와 2미터는 됨직한 구릿빛의 거대한 덩치를 자랑하는 비슷한 나이대의 라틴계 남자였다.

그때까지 정물처럼 입을 다문 채 대화를 듣고만 있던 동양 남자, 야마다 카즈히사가 빙그레 웃으며 입을 열었다.

"오랜만에 뵙습니다, 제이슨. 우리도 넷이 같이 행동하라는 마스터의 말씀에 조금 놀랐습니다."

라틴계 남자, 카를로스 포라도 커다랗고 하얀 이를 드러내며 웃었다.

"뭐, 이것도 그렇게 나쁘진 않은 것 같습니다, 제이슨. 야마다는 별로지만 레나, 에이단과 함께 여행하는 건 흔한 일이 아니니까요."

야마다는 인상을 쓰며 카를로스의 팔짱을 꼈다.

"맨날 나만 미워해."

"미친놈!"

눈웃음치며 허리를 요염하게 비틀기까지 하는 야마다를 본 카를로스는 질색했다.

그리고 어깨로 야마다의 몸을 세차게 퉁겼다. 하지만 그의 몸은 튕겨 나가지 않고 안개처럼 흩어졌다가 다시 뭉쳐졌다.

그는 여전히 카를로스의 팔짱을 끼고 있었다.

카를로스의 굵은 눈썹이 꿈틀거렸다.

"떼라, 야마다!"

몸이 으스스해질 정도로 낮고 위험한 기색이 가득 담

긴 목소리였다.

에이단이 야마다의 어깨를 툭툭 치며 말했다.

"야마다, 내 생각에도 팔을 떼는 게 좋을 거 같아. 카를로스가 임계점에 가까운 거 같이 보여."

그의 말에 야마다는 아쉬운 기색이 가득한 얼굴로 팔을 뗐다.

그들이 하는 짓을 본 제이슨이 손으로 머리를 짚으며 나직하게 한숨을 내쉬었다.

이들 네 명은 독수리발톱의 초상 능력자들 중에서도 마스터가 가장 아끼는 열 명에 포함된 강자들이었다. 그들은 지닌 능력만큼이나 이쪽 세계에서의 명성도 대단했다. 그리고 능력에 비례하는 강력한 개성의 소유자들이었다.

장내가 정리되자 에이단이 제이슨을 보며 물었다.

"켄은 지금 어디에 있습니까?"

에이단을 비롯한 네 명은 능력자들이었지만 제이슨에 미치지 못하는 것이 있었다. 그것은 정보력이었다.

제이슨은 비공식적으로 미국 정부가 운용하는 정보기관들로부터 무제한에 가까운 정보를 공급받고 있었다.

"대전. 켄은 편정호라는 인물과 함께 있네."

"편정호? 그가 누구죠?"

질문한 사람은 레나였다.

제이슨이 그녀를 보며 대답했다.

"정의하기가 조금 묘하긴 한데, 켄의 친구… 라고 말할 수 있는 존재일세. 그리고 미스터 편은 대전에서 가장 강력한 폭력 조직의 보스네."

레나의 눈이 커졌다.

"켄에게 그런 친구가 있었나요? 잘 믿기지가 않는군요. 켄은 무리지어 다니는 것을 거의 병적으로 싫어하잖아요. 그런데 폭력 조직의 보스가 친구라니……."

제이슨이 빙긋 웃었다.

레나의 의문이 일리가 있다는 것을 모르지 않았지만 그에 대한 대답까지 갖고 있지는 않았다.

그가 말했다.

"우리가 켄의 전부를 아는 건 아니잖나. 나중에라도 미스터 편이나 다른 켄의 지인들을 만나게 되면 말과 행동을 좀 조심하는 게 좋을 걸세. 티는 잘 내지 않아도 그가 이 나라에 있는 친구들을 생각하는 마음이 굉장히 각별한 것 같거든."

에이단이 레나를 보며 손가락을 세워 좌우로 흔들었

다. 얘기가 옆길로 새는 것을 중단하라는 손짓이었다.

레나가 입술을 작게 삐죽거리며 등을 의자에 기댔다.

더는 끼어들지 않겠다는 행동이어서 에이단은 싱긋 웃으며 제이슨에게 물었다.

“대전에서 뭘 하려고 하는지 아세요?”

제이슨은 가볍게 고개를 저었다.

“구체적인 것까지는 모르네. 하지만 짐작이 가는 게 있네.”

“그게 뭡니까?”

“켄이 청소년일 때 그를 돌봐준 강시은이라는 여자가 있네. 그는 그녀를 무척 소중하게 생각하는 것 같았는데 얼마 전에 그녀가 미스터 편을 만난 것 같다는 정보가 올라온 적이 있었네. 아마도 그는 먼저 그녀를 만나려고 할 걸세.”

그가 앞에 앉은 네 명의 젊은 남녀를 보며 물었다.

“자네들에게 준 켄의 신상 정보철에 강시은이라는 여자와 관련된 항목이 좀 있는데, 본 기억들이 있나?”

레나와 에이단은 고개를 끄덕였다. 하지만 야마다와 카를로스는 인상을 찌푸리며 고개를 갸웃거렸다. 기억 못하는 기색이었다.

제이슨이 혀를 차며 말했다.

“이야기를 진행하기 전에 조금 설명해야 할 것 같군. 레나와 에이단도 모르는 부분이 있을지 모르니까 한 번 들어보게.”

제이슨은 네 사람에게 진혼과 태양회의 갈등 관계와 강시은의 정체, 그리고 그녀가 이혁에게 어떤 존재인지를 아는 대로 설명했다.

제이슨은 5년 전 이혁을 만난 후 그에 대한 모든 것을 철저하게 조사했다. 한국의 모든 정보기관이 그에게 적극적으로 협조해 준 덕분에 그는 이혁에 대해서 상당히 깊은 수준까지 알게 되었다.

“일단 켄이 5년 전 한국 정부로부터 받았던 살인 혐의는 손을 써서 벗겨놓은 상태일세, 지명수배도 풀어놨고. 그게 걸려 있으면 아무래도 움직이기 불편하니까.”

레나가 작은 목소리로 투덜거렸다.

“켄이 한국에 돌아왔다는 것을 아주 광고를 했군요.”

제이슨이 어깨를 으쓱했다.

“어차피 켄은 스스로 귀국을 전 세계에 광고하며 돌아왔잖나. 그에 비하면 내가 한 일은 새 발의 피라고 할 수 있지 않을까 싶네만? 후후후.”

그는 낮게 웃으며 말을 이었다.

"지금 중요한 건 두 가지일세. 첫째는 켄이 귀국한 이유가 과연 무엇 때문인지 파악하는 것이고."

레나와 에이단 등이 서로를 돌아보며 고개를 끄덕였다.

이혁은 강대한 세력들에게 자신의 존재를 노골적으로 노출시키며 이 나라로 돌아왔다. 하지만 그가 왜 귀국했는지 누구도 그 이유를 알지 못하고 있었다.

"두 번째는 그를 노리고 한국에 들어온 세력이 얼마나 되는지, 그리고 전력의 수준이 어떤지를 정확하게 파악해야 한다는 걸세."

그는 혀로 입술을 축이며 말을 이었다.

"일단 첫 번째는 켄이 말을 하기 전까진 알기 어렵네. 하지만 그의 행동을 계속 지켜보고 있으면 오래지 않아 알게 되겠지. 두 번째는 조금 쉬울 거라고 생각하네. 이 나라로 들어오는 통로는 미국의 정보망을 벗어나지 못하니까."

제이슨은 탁자 위에 놓여 있는 네 개의 파일을 눈짓으로 가리키며 말을 이었다.

"먼저 읽어보게. 최근 나이지리아와 프랑스 파리에서

켄이 벌인 일과 그가 싸웠던 자들에 대한 정보가 들어 있네."

파일을 읽은 사람들이 고개를 들어 자신을 보자 제이슨이 입을 열었다.

"무스펠하임과 앙천은 켄에게 아주 호되게 당했네. 그들 조직의 특성상 그와 끝을 보려고 할 걸세. 일단 유럽에서 무스펠하임이 이쪽으로 보낸 사람들이 몇 명 있네. 하지만 그들은 전투 요원이 아닐세. 그들은 먼저 앙천을 움직이려고 하는 것 같네."

앙천이라는 말을 들은 카를로스의 눈빛이 음산해졌다.

그가 물었다.

"앙천이 이 나라에 들어왔습니까?"

그는 앙천과 악연이 있었다.

제이슨은 고개를 끄덕였다.

"최소 20명에서 최대 50명 사이로 추정되는 수의 중국인들이 흩어져서 대전으로 이동 중이야. 아직 그들이 앙천의 전투 집단 중 어디에 소속되어 있는지까진 알아내지 못했지만 약한 놈들은 아닐 거야."

그의 말에 모두가 고개를 끄덕였다.

레나와 에이단은 5년 전 갑하산에서 벌어졌던 싸움을

직접 목격까지 했던 사람들이다.

레나가 중얼거렸다.

"5년 전 켄이 벌인 일을 아는 자들이 어설픈 놈들을 보내지는 않았을 테죠."

에이단이 사람들을 돌아보며 말했다.

"먼저 켄을 만나는 게 좋은 것 같군요. 마스터께서 전하라고 한 얘기도 있고, 그의 옆에 있어야 일이 터졌을 때 대처할 수 있을 테니까요."

레나가 기다렸다는 듯이 벌떡 일어서며 소리쳤다.

"찬성!"

야마다와 카를로스도 고개를 끄덕여 동감을 표했다.

할 일이 정해졌다. 제이슨을 뺀 네 명이 자리에서 일어섰다. 움직여야 할 때였다.

* * *

대전 지족동의 고급 주택가.

새벽의 어둠이 짙게 내려앉은 주택가 골목으로 한 대의 대형 세단의 천천히 들어섰다. 세단은 검붉은 벽돌 담장으로 둘러싸인 2층 단독주택의 앞에 섰다.

그그그—

작은 소음과 함께 담장의 일부가 벌어지며 상당히 넓은 주차장이 모습을 드러냈다. 안에는 세 대의 대형 세단이 주차되어 있었다.

주차된 은색의 세단 옆에 선 차의 시동이 꺼졌다. 동시에 열렸던 주차장의 문이 다시 닫히고 내부의 불이 켜졌다.

그리고 세단의 뒷문이 열리며 두 명의 건장한 남자가 내렸다.

이혁과 편정호였다.

정면에 고정된 이혁의 부릅뜬 눈끝이 파르르 떨렸다. 그답지 않게 심한 감정의 요동이 느껴지는 시선으로 그는 현관문을 열고 나오는 여자를 바라보았다.

시은이 환하게 웃고 있었다.

그녀는 헐렁한 흰색의 반팔 티와 검은색 스키니 진을 입고 있었다.

흔하게 볼 수 있는 차림새였고, 산책이라도 나온 사람처럼 편안한 복장이었다. 하지만 그런 수수한 매무새로도 그녀의 아름다움은 훼손되지 않았다.

세월은 시은에게 5년 전에는 없던 아름다움을 더해주

었다.

그것은 성숙함이었다.

성숙미가 더해진 시은의 외모는 보는 이를 숨 막히게 했다. 떨리던 이혁의 눈 끝이 조금씩 진정되었다.

그는 한 걸음씩 시은에게 다가서며 입을 열었다.

"누나, 세월이 비껴갔나 봐. 주름이 하나도 안 생겼잖아."

"그래서 불만이야?"

시은이 팔짱을 끼며 짝다리를 짚었다. 째려보기까지 했다.

이혁은 찔끔한 얼굴로 손사래를 쳤다.

세월이 흘렀는데도 변하지 않은 것이 있었다.

시은에 대한 그의 감정이 그랬다.

무스펠하임에 앙천을 더한 것에 테드를 합세시킨 것보다 시은이 더 무서웠다.

그가 정색하며 말했다.

"설마, 그럴 리가 있겠어? 여전히 예쁜 누날 보니까 너무 반갑다는 얘기지."

시은은 머리를 왼쪽으로 15도 기울이며 중얼거렸다.

"아닌 거 같은데?"

말을 받는 이혁의 목소리에 강한 힘이 실렸다.

"좀 믿어봐. 믿으면 복이 온다는 말도 몰라?"

"믿을 만한 사람이 그런 말을 해야 믿지."

그 말이 끝났을 때 이혁은 시은의 앞에 설 수 있었다.

이혁은 조심스럽게 시은을 품에 끌어안았다. 그녀의 몸이 아무런 저항도 없이 자석처럼 품 안으로 들어왔다.

두 사람의 팔이 결박이라도 하려는 것처럼 서로의 몸을 단단하게 안았다.

"걱정했어, 누나."

감회가 어린 목소리였다.

그에 대한 정상적인 답변은 시은의 감상적인 목소리일 것이다.

지켜보던 편정호는 시은이 그런 어투로 말을 받을 거라고 생각했다. 하지만 여전히 예측 가능한 여자가 아니었다.

퍽!

"으악!"

시은의 뾰족한 구두코에 정강이를 걷어차인 이혁이 다리를 부여잡고 비명을 지르며 펄쩍 뛰었다.

시은이 옆구리에 양손을 얹으며 소리쳤다.

"입에 침이나 바르고 그런 말을 하는 게 어때! 5년 동안 나를 찾으려고 한 적이 한 번도 없는 녀석이 걱정했다고? 잘 만났어! 오늘 네 뼈가 얼마나 굵나 한번 보자고!"

"아니, 누나! 누나! 진정부터……."

퍽!

"으악."

재차 정강이를 차인 이혁이 처절한 비명과 함께 펄쩍 뛰었다.

"찾아봤다구! CIA에 부탁해서. 그런데 누나가, 으악, 얼마나 꼭꼭 잘 숨었는지… 그 사람들도 찾지를 못했… 으악……!"

주춤주춤 물러난 편정호는 자신도 모르는 사이에 주차장 벽에 등을 붙이고 섰다.

그는 이마를 손바닥으로 훔쳤다. 순식간에 난 식은땀이 얼마나 많은지 손이 축축할 지경이었다.

'세상에… 미친개 이혁을 개 패듯이 할 수 있는 여자가 있다니……. 어떻게 이런 일이… 저 누님… 생긴 거하고는 너무 다른… 무서운 여자였구나. 정중하게 대하길 잘했다. 잘못하면 죽을 뻔했어…….'

속옷도 선뜻했다.

식은땀은 이마에서만 난 게 아닌 것이다.

그가 주먹질을 업으로 삼게 된 후 만난 가장 강한 남자가 이혁이었다. 그런 그를 저렇게 일방적으로 구타(?)할 수 있는 사람이 있을 거라는 생각은 꿈에서도 해본 적이 없었다.

더구나 시은처럼 이 세상 사람이 아닌 것같이 아름다운 여자가 이혁을 일방적으로 팰 거라는 생각을 어떻게 할 수 있을 것인가.

'역시 세상은 오래 살고 봐야…….'

그의 속을 아는지 모르는지 시은은 이혁에게 두 번의 조인트와 다섯 번의 주먹질을 안긴 후에야 구타를 멈췄다.

손을 탁탁 턴 시은은 가볍게 뒷짐을 지고는 앞장서서 걸었다.

"따라와!"

이혁은 옆구리를 쓰다듬으며 시은의 뒤를 따라 걸었다. 편정호는 이혁과 3미터 이상의 거리를 두고 따랐고.

이혁이 옆구리에 손을 댄 채 투덜거렸다.

"좀 살살 때리지… 아프다구……."

"엄살 피우면 들어가서 또 맞는다."

이혁은 어깨를 축 늘어뜨리며 작은 목소리로 중얼거렸다.

"어떻게 변한 게 없냐구……. 세월이 흐르면 좀 변할 줄도 알아야지."

"너무 변하면 네가 못 알아볼까 봐서."

"설마, 내 시력이 6.0이 넘는다구. 누나가 구미호로 변해도 알아볼걸?"

"구미호?"

시은의 목소리가 낮아졌다.

그녀는 걸으며 고개를 돌려 이혁을 째려보았다.

그는 먼 하늘을 쳐다보며 딴청을 피웠다.

그러자 시은이 주먹을 쥐고 이혁의 눈앞에서 흔들면서 말했다.

"이번은 못 들은 걸로 해줄게. 하지만! 이번만이라는 걸 기억해야 할 거야."

"협박도 여전하구… 진짜, 세월이 어디로 간 거냐구……."

어떻게 보면 웃기는 장면인데 편정호는 전혀 웃음이 나오지 않았다. 행여나 웃었다가 시은의 관심이 자신에게 향하기라도 한다면…….

현관문 앞에 도착하자 기다리고 있던 이십대 후반의 여자가 문을 열어주었다.

거실은 넓었지만 기본 가구만 있을 뿐 장식이 전혀 없어 황량하다는 느낌을 주었다.

"앉아도 되는 거지?"

소파에 앞에 선 이혁이 시은을 보며 퉁명스럽게 물었다.

시은이 생긋 웃으며 고개를 끄덕였다.

"그럼."

마주 앉은 이혁은 시은의 눈치를 슬슬 살폈다.

그가 주눅 든 목소리로 말했다.

"진짜 찾아봤다구. 그런데 베트남 쪽에서 봤다는 정보가 마지막이었어. 베트남과 인근 국가의 정보기관들이 돕고 CIA 에이전트들까지 적극적으로 뛰었는데도 누나를 찾을 수가 없다더라고."

시은은 깊은 눈으로 이혁을 응시하며 가만히 귀를 기울였다.

이혁은 뒷머리를 긁적이며 말을 이었다.

"사실 그 마지막 정보를 들은 후로 누나를 찾으려는 노력을 많이 하지 않은 건 사실이야. 뭐… 이런저런 일들이 계속 생겨서 짬이 나지 않았기 때문이기도 하지만, 그 사람들도 누나를 찾지 못한다고 하니까 안심이 되기도 했거든. 그들이 찾지 못하는데 어떤 놈이 누나를 찾을 수 있을까 싶어서. 누나가 숨는 데는 일가견이 있잖아."

"그걸 변명이라고 하는 거야?"

이혁은 어깨를 웅크렸다.

"잘못했어……."

시은이 팔짱을 끼고 이혁을 째려보며 물었다.

"그래서 이제 혼자 세상을 상대로 싸울 정도가 된 거야?"

이혁의 어깨가 쫙 펴졌다.

"아직 해보진 않았지만… 어느 정도는 되지 않을까 싶은데 말이지."

말을 하며 이혁은 손을 들어 엄지와 검지의 끝을 약 1센티미터가량 떼는 시늉을 했다.

"요 정도는 부족하다는 느낌도 있긴 한데, 누나가 조금 도와주기만 한다면 세상이 아니라 우주와도 싸울 수 있을 거야."

시은의 입가에 조금씩 미소가 번졌다.

그녀가 온기가 묻어나는 어조로 말했다.

"기다린 보람이 있네."

이혁도 그녀를 마주 보며 빙긋 웃었다.

"내가 누군데 누나를 실망시키겠어."

"잘난 척도 많이 늘었네?"

"누나한테는 세월이 비껴갔지만 나는 그렇지 않았거든."

두 사람의 눈이 마주쳤다.

시은은 이혁의 눈 깊은 곳에 강하게 뿌리내리고 있는 자신감을 읽었다. 그것이 그녀의 마음을 뿌듯하게 했다.

사랑하는 모든 사람을 잃은 그녀에게 이혁은 목숨보다 더 소중했다. 그녀에게 있어 이혁은 가족이면서 친구였고 또 연인이었다.

아니, 세상에 존재하는 어떤 관계의 정의로도 설명할 수 없을 정도로 이혁은 그녀에게 소중했다.

시은이 이혁에게 물었다.

"앞으로의 계획을 말해줄래?"

이혁은 웃으며 대답했다.

"기꺼이."

그가 고개를 현관문이 있는 곳으로 돌렸다.

그곳에는 편정호가 뺄쭘한 표정으로 서 있었다.

"망치, 이리 와서 앉아. 그러고 서 있으니까 신경 쓰인다."

"편 사장님, 앉으세요."

두 사람이 동시에 하는 말을 들으며 편정호는 다시 식은땀을 흘렸다. 변덕이 죽 끓듯이 하는 기묘한 남녀가 그의 눈앞에 있었다.

* * *

장완기는 아래로 내려다보이는 불빛들을 보며 인상을 찡그렸다.

그가 있는 곳은 대전 유성구에 있는 호텔의 맨 위층 스위트룸이었다. 그래서 창밖으로 어둠에 잠긴 도시를 한눈에 내려다볼 수 있었다.

그와 일행이 이곳에 도착한 건 30분도 채 되지 않았다.

아직 옷도 갈아입지 못한 터라 그들은 양복 차림이었다.

그의 뒤에 서 있던 두 명의 건장한 젊은 남자 중 한 명이 고개를 숙이며 말했다.

"따거, 밤이 늦었습니다. 이제 좀 쉬시지요."

"오늘 밤 잠을 자기는 틀린 것 같다. 이대로 보내고 싶구나."

"그럼 술을 준비하겠습니다."

장완기는 고개를 끄덕였다.

고향을 떠난 후 지금까지 그는 계속해서 움직였다. 호텔을 찾은 것도 처음이었다. 그 정도로 바쁜 일정이었다.

그는 조직이 원한 것보다 더 빠르게 움직였다.

그 조급한 마음이 몸을 혹사시켰다. 그럴 수밖에 없는 사정이 있었고, 그를 따르는 모두가 그 사정을 알고 있었다.

청년이 냉장고를 향해 걸어가는 것을 보며 다른 청년이 입을 열었다.

"태양회가 도움을 약속했습니다. 이 나라는 땅덩이가 작아서 곧 원하시는 정보를 들을 수 있을 겁니다, 따거."

장완기의 등을 바라보는 청년의 눈에는 걱정스런 기색이 담겨 있었다.

장완기는 조직 내에서도 손에 꼽힐 만큼 강한 사람이었다. 그런데도 청년은 장완기를 걱정하고 있었다.

그의 심리 상태가 평정을 잃고 있다는 것을 잘 알고

있었기 때문이다.

"안다. 그자가 몸을 숨기려 하지도 않는다고 하니, 내 일이 가기 전에 소식을 들을 수 있겠지. 그것을 생각하면 쉬면서 컨디션을 최상으로 끌어올려야 하는데 그게 마음처럼 되지가 않는구나."

그의 심정을 아는 청년이 말을 하지 못하고 고개를 숙였다.

장완기가 이를 악물며 말을 이었다.

"무린이가 이 근처에서 목숨을 잃었다. 내가 세상에서 제일 아끼던 조카가… 그 아이의 죽음을 견디지 못한 여동생은 두 달도 지나지 않아 자살했다."

실핏줄이 터진 그의 눈동자가 시뻘겋게 물들었다.

"그 한을 어떻게 잊을 수 있을까……."

길게 숨을 들이쉰 그가 이를 갈며 말했다.

"그놈을 찾아 살을 찢고 뼈를 부수어도 이 한이 풀리지 않을 것 같구나. 그런데 어떻게 이 밤에 잠이 오겠느냐."

그사이에 다른 청년이 와인과 잔을 가져왔다.

또 다른 밤이 깊어가고 있었다.

제4장

서울 청담동 소재 고급 요정 '탄월'.

적당한 어둠에 덮인 복도는 적막이 느껴질 정도로 고요했다. 수십 개의 룸 내부의 방음장치는 완벽했다. 그래서 밖으로 소음이 전혀 새어 나오지 않고 있는 것이다.

복도의 천장과 벽, 바닥에서 은은하게 새어 나오는 몽환적인 빛은 어둠과 어우러져 신비로우면서도 고급스런 분위기를 형성하고 있었다.

이런 업소에서 쉽게 느끼기 어려운 분위기였다.

문지석은 안내하는 여인의 뒤를 따라 걸으며 가볍게 침을 삼켰다.

또각또각.

여인의 하이힐이 복도 바닥을 밟는 소리가 온전하게 문지석의 고막을 리드미컬하게 두드려댔다. 내부의 방음 장치가 과하다는 생각이 들 정도였다.

170이 넘어 보이는 여인은 몸의 곡선이 그대로 드러나는 검은 실크 드레스를 입고 있었는데, 뒤태를 보는 것만으로도 가슴에 불이 붙은 것처럼 뜨거워졌다.

곧 만나야 할 사람이 그에게조차 신경 쓰이는 거물이 아니었다면 문지석은 여인을 끌어안고 옆의 룸으로 뛰어들었을지도 몰랐다.

미로처럼 얽힌 복도를 100여 미터나 걸은 후에야 여인은 위에 VIP라고 금색 글씨가 새겨진 문 앞에서 발길을 멈췄다.

똑똑.

노크를 한 여인이 안에 대고 말했다.

"회장님, 기다리시던 손님이 도착하셨어요."

"들어오시게."

안에서 묵직함이 느껴지는 남자의 목소리가 흘러나왔다.

여인은 문지석을 돌아보았다.

매혹적인 뒤태만큼이나 얼굴도 드물게 보는 미녀였다.

탄월에서 손님을 맞이하는 아가씨들의 수준이 높다는 거야 이 계통에서는 유명한 얘기였다. 그리고 그 소문이 헛되지 않았음을 여인은 자신의 외모로 증명하고 있었다.

그녀가 가지런한 이를 드러내고 웃으며 문지석에게 말했다.

"들어가시지요."

말과 함께 문을 연 여인은 한 걸음 옆으로 물러서며 살짝 고개를 숙였다.

문지석은 가볍게 고개를 끄덕여 인사를 받아주고 안으로 들어섰다.

뒤에서 문이 닫혔다.

룸은 상당히 넓어서 20평이 넘을 듯했지만 안에 있는 사람은 한 명뿐이었다.

맞은편 벽 아래 소파에 건장한 체격에 숱이 많은, 반백의 머리카락을 깨끗하게 빗어 넘긴 슈트 차림의 사내가 앉아 강한 눈으로 문지석을 맞이했다.

문지석은 사내를 향해 정중하게 고개를 숙였다.

"석 달 만에 뵙는 것 같습니다, 이 회장님. 건강해 보이시는군요."

"문 실장도 건강해 보이시는군. 앉으시게."

"예."

대리석 탁자 위에는 몇 가지 간단한 안주와 함께 양주 한 병이 놓여 있었다.

단출해 보이는 음식들이었다. 하지만 문지석은 기분이 좋아졌다.

그는 눈앞의 사내, 사실상 대한민국의 암흑가에서 왕처럼 군림하고 있는 상산파의 이자룡 회장이 자신을 환대하고 있다는 것을 알 수 있었기 때문이다.

그것을 한눈에 알게 해준 것은 탁자 위의 양주 한 병이었다. 그것은 병당 1,500만 원을 호가한다는 루이 13세 스페셜 리미티드 에디션이었다.

한정 생산된 것이어서 돈이 아무리 많아도 쉽게 구할 수 있는 물건이 아니었다.

이자룡이 혼자 자작하고 있었던 듯 루이13세는 개봉되어 있었다.

그가 술병을 들었다.

"받으시게."

문지석은 공손하게 두 손으로 잔을 들었다.

잔을 따르며 이자룡이 말했다.

"내가 가진 많은 사업장 중에서도 이곳에 있는 아이들

이 가장 예쁘다네. 그중에서도 가장 예쁜 애들이 자네를 기다리고 있지. 딱딱한 얘기를 길게 하면 그 아이들이 지칠지도 모른다네. 그러니까 사업 얘기는 짧게 하세."

문지석은 자신을 안내했던 여인을 떠올리며 고개를 끄덕였다.

"동감입니다, 회장님. 좀 전에 저를 안내했던 아가씨는 정말 보기 드문 미인이더군요."

"하하하."

이자룡은 크게 웃었다.

"그 아이는 쉽지 않을 걸세."

"예? 접대하는 아가씨가 아니었습니까?"

문지석이 의아한 얼굴로 반문했다. 이자룡은 그가 어떤 신분인지 모르지 않는 사람이었다. 그런데도 저런 말을 한다는 건 단순히 이곳에서 일하는 아가씨가 아니라는 뜻이었다.

"그 아이가 이곳의 주인이야."

"아!"

탄성을 토하는 문지석의 눈이 커졌다.

"워낙 젊게 보여서 그렇게는 생각하지 못했습니다."

"삼십대 초반이지만 수완이 대단한 아이일세. 함부로

하지 않는다면 나쁘지 않은 인연이 될 수 있을 걸세."

이자룡은 문지석이 자신의 잔에 술을 따르는 것을 보며 화제를 바꾸었다.

"문 실장이 먼저 보자고 하는 건 정말 오랜만인데, 무슨 급한 일이 생기신 건가?"

그의 성격처럼 단도직입적인 질문이었다.

문지석은 이자룡이 말을 빙빙 돌리는 걸 얼마나 싫어하는지 잘 알고 있었다. 지금은 그의 도움이 필요한 때였다. 굳이 그를 짜증나게 할 필요는 없었다. 그래서 솔직하게 대답했다.

"대전에서 일이 좀 생겼습니다. 회장님의 도움이 필요합니다. 힘을 쓰는 건 우리 아이들이 해도 되는데 아무래도 정보는 회장님 쪽이 더 나을 듯해서 찾아뵌 겁니다."

"정보? 필요하면 검경과 국정원의 정보망까지도 활용할 수 있지 않나?"

말을 하던 이자룡의 눈썹이 꿈틀거렸다.

그가 말을 이었다.

"밤의 정보력이 필요하다는 말이로군. 상대가 누군가?"

"혹시 이혁이라는 자를 아십니까?"

"이혁!"

이자룡의 덤덤하던 안색이 잠시나마 돌처럼 딱딱해졌다. 그 기색은 금방 사라졌지만 문지석이 어떤 인물인데 그것을 놓치겠는가.

그가 말했다.

"아시는군요."

어떻게 모를 수가 있을까.

그가 한국의 암흑가를 장악할 수 있었던 것은 이혁이 필생의 숙적이던 서복만을 죽여 태룡회를 공중분해시켜 준 덕분이지 않았던가.

"예전에 한번 본 적이 있었지. 하지만 수년 동안 종적이 묘연하다고 들어서 잊고 있었네만… 지명수배 되어서 외국으로 도피했다는 얘기도 언뜻 들었던 것 같고……."

"말씀이 맞습니다. 그는 5년 전 이 나라를 떠났다가 며칠 전 다시 돌아왔습니다. 지금은 대전에 있는 것 같습니다."

이자룡이 눈살을 찌푸리며 물었다.

"수배는? 정상적으로 국내로 들어올 수가 없었을 텐데?"

"그의 지명수배는 이미 풀렸습니다."

"뭐라고?"

이혁의 지명수배에 어떤 힘이 관여했는지 알고 있는

이자룡이었기에 놀람은 적지 않았다.

"누가 그것을 풀었단 말인가?"

"미국이 힘을 썼습니다."

"허… 미국이란 말인가?"

"예."

"곤란하게 되었군."

"CIA가 그자의 뒤를 봐주는 듯한 정황이 있습니다. 그래서 검경이나 국정원을 움직여 그자를 감시하는 건 여러 모로 곤란합니다. 회장님이 도와주셨으면 합니다."

잔에 담긴 술을 한입에 입에 털어 넣은 이자룡이 쓴웃음을 지으며 말을 받았다.

"도움을 주고는 싶지만 그자가 다른 지역도 아닌 대전에 있다면 내가 지속적으로 힘을 빌려주기가 어렵네."

문지석의 얼굴이 딱딱해졌다.

그는 거절을 생각도 하지 않고 이 자리에 왔다. 이자룡은 부탁을 거절할 입장에 있지도 않았다. 실질적으로 오늘날의 상산파가 있도록 뒤를 봐준 사람이 그가 모시고 있는 박대섭이었기 때문이다.

이자룡은 고개를 저으며 말했다.

"기분 상해 하지 말게. 돕지 않겠다는 말이 아니네.

한국말은 끝까지 들어야 한다고 하지 않나."

그는 자작으로 잔에 술을 따르며 말을 이었다.

"문 실장이 아는지 모르겠네만 현재 대전의 암흑가를 장악하고 있는 인물은 망치파의 보스인 편정호라는 자일세. 주먹질에 능하고 의리가 있어서 대전 지역에서는 신망이 굉장히 높은 친구지. 그가 이혁과 형제처럼 친하네. 이혁이 대전에 갔다면 반드시 편정호를 만날 걸세."

문지석의 눈이 번뜩였다.

"그럼 편정호 주변을 조사하면 이혁을 찾을 수 있겠군요."

이자룡은 고개를 끄덕였다.

"그렇다고 장담할 수 있네."

이자룡의 말을 들은 문지석의 입가에 미소가 번졌다.

그가 고개를 숙였다.

"제가 생각이 조금 앞섰습니다. 기분 나쁘지 않으셨으면 합니다, 회장님."

이자룡은 피식 웃었다.

"나 이자룡일세. 벌써 잊었네."

말과 함께 잔을 손에 든 그가 탁자의 단추를 눌렀다.

기다리고 있었던 듯 문이 열리며 문지석을 안내해 왔던 여인이 들어섰다.

이자룡이 싱긋 웃으며 말했다.

“유 사장, 얘기 끝났네. 준비한 애들 들여보내시게. 그리고 자네도 들어오게. 문 실장이 대화라도 나눴으면 하는구만.”

은근한 눈길로 문지석을 흘낏 본 유민경이 이자룡과 마주 웃으며 입을 열었다.

“알겠습니다, 회장님.”

곧 화려한 외모의 아가씨들이 룸 안으로 들어섰다. 그리고 분위기가 달아오르기 시작했다.

* * *

서대전역 인근.

8층 건물의 뒷문이 열리며 근육질의 사내가 걸어 나왔다.

목이 짧아 거의 보이지 않고, 입고 있는 검은색 반팔 티가 찢어질까 걱정스러울 정도로 어깨와 가슴근육이 잘 발달된 남자였다.

검은색의 캡 모자를 푹 눌러쓰고 있어 보이는 거라고는 인중 아래쪽뿐이었지만 몸집 때문에 정체를 가릴 수 없는 사내는 편정호였다.

건물 뒤쪽은 폭이 2미터 정도밖에 되지 않는 좁은 골목이었다.

시간이 새벽 두 시를 넘어가고 있어서인지 거리는 텅 비어 있었다. 가끔 취객들이 길바닥에 널브러져 있기도 했었는데 오늘은 그런 사람도 없었다.

편정호는 모자를 슬쩍 들어 올리며 좌우를 날카로운 눈으로 훑었다. 아무도 없다는 것을 확인한 그는 특유의 건들거리는 팔자걸음으로 골목을 빠져나갔다.

편정호가 빠져나온 건물에서 50여 미터 떨어진 곳. 4층 건물의 옥상 난간에 몸을 숨긴 채 아래를 감시하고 있던 청년이 손을 귀에 대며 입을 열었다.

"곽인, 놈이 회사를 벗어났다. 네가 있는 쪽으로 간다."

[알았다, 호영. 넘겨받겠다.]

귀에 꽂고 있는 소형 무전기를 통해 익숙한 동료의 음성이 들려왔다.

두 사람의 대화는 중국어로 이루어졌다.

그들은 한국 사람이 아닌 것이다.

*　　*　　*

장완기는 느린 손길로 양복 상의 안주머니에서 얇은 장갑을 꺼내 손에 꼈다. 본래의 색깔이 무엇인지 알기 어려울 정도로 검붉은 얼룩으로 뒤덮인 것이었다.

장갑을 다 꼈을 때 뒤에 서 있던 청년, 그의 오른팔인 노웅천이 입을 열었다.

"따거, 편정호가 택시를 타고 대전 남부로 움직이고 있습니다. 이 시간에 부하들도 떼어놓고 은밀하게 이동하는 게 충분히 의심스럽다는 호영과 곽인의 보고입니다."

"태양회는?"

"그들도 호영과 곽인처럼 편정호가 이혁을 만나러 가는 것 같다는 말을 하고 있습니다."

"대원들은?"

"5인 1개조로 전투 대기하며 호영이 말한 경로를 따라 움직이고 있습니다. 태양회가 붙여준 자들이 대원들을 충실히 안내하고 있습니다. 그들 덕분에 길을 잃을 염려는 하지 않아도 됩니다."

장완기는 고개를 끄덕였다.

"편정호에 대한 정보를 준 자들이다. 우리 손을 빌어 손 안 대고 코를 풀 요량인 모양이다만……."

말끝을 흐리던 그가 씹어뱉듯이 말했다.

"상관없다. 이혁을 찢어 죽일 수만 있다면 어느 정도의 손해는 기꺼이 감수하겠다."

그의 시선이 노웅천을 향했다.

"태양회가 마련한다던 무기는?"

"곧 도착합니다. 권총과 식스틴류의 소총, 그리고 수류탄이 포함되어 있습니다."

"혈수대는 재래식 장비로 그자와 싸웠다가 전멸했다. 그자의 맨손 전투력은 충분히 경계할 만하다."

차갑게 눈을 빛내며 장완기가 말을 이었다.

"우리 인원이 혈수대보다 월등히 많고 개개인의 실력도 뛰어나지만 방심은 금물이다. 모두에게 태양회가 마련해 준 무기를 지급해라. 내가 도착할 때까지 경계를 늦추지 말고 전투태세를 유지하도록."

"예, 따거."

노웅천의 대답을 뒤로하고 장완기는 걸음을 옮겼다.

그의 뒤에 시립해 있던 사내들이 묵묵히 그를 따랐다.

강렬한 살의와 전의가 그들 사이를 유령처럼 떠돌았다.

*　　　　*　　　　*

대전에서 남쪽으로 20킬로미터가량 가면 나오는 야산 지대.

별은 보였지만 구름이 달을 가리고 있어 사방은 어두웠다.

누가 봐도 과속으로 달려온 택시가 야산 지대에서 100미터 떨어진 곳에 멈췄다. 그리고 조수석에서 편정호가 내렸다.

인적이 끊어진 곳인 데다가 이 주변에서 귀신을 본 사람이 많다는 소문이 떠도는 곳이라 택시 기사는 조수석 문이 닫히자마자 있는 힘껏 액셀을 밟았다.

부웅—

요란한 엔진 소리와 함께 멀어지는 택시의 뒤꽁무니에 잠시 눈길을 주던 그는 바지의 뒷주머니에 두 손을 집어넣고 건들거리며 걸음을 옮겼다.

"재수에 옴 붙을 거 같아서 5년 동안 쳐다보지도 않던 곳을 그 자식 때문에 다시 오게 되었군, 쩝."

그의 눈앞에 200미터 정도 높이의 야트막한 두 개의 산이 들어왔다. 거북이가 웅크리고 있는 듯한 두 야산 사이로 난 좁은 길도 보였다.

길은 오랫동안 사람의 통행이 없던 듯 잡풀이 허벅지 높이까지 자라 있었다.

“근데 이 자식은 다른 장소도 많은데 굳이 여기서, 그것도 이 시간에 만나자는 거야.”

편정호는 쉴 새 없이 투덜거리면서도 걸음을 멈추지 않았다.

소문처럼 금방이라도 귀신이 튀어나올 듯 으스스했지만 편정호는 주변 분위기를 신경 쓰는 기색이 아니었다.

그는 세상에서 제일 무서운 건 자신과 같은 사람이지, 귀신 따위가 아니라고 굳게 믿는 남자였다.

이런 분위기에 주눅들 가능성이 무한히 0%에 수렴되는 그런 남자인 것이다.

편정호가 잡풀이 뒤덮인 길로 사라진 후 얼마 지나지 않아 헤드라이트를 끈 검은색 대형세단이 나타났다.

세단은 미끄러지듯 굴러와 오솔길이 보이는 도로변에 멈췄다. 그리고 뒷좌석에서 두 명의 건장한 사내가 내렸다.

그들은 장완기의 부하인 호영과 곽인이었다.

문이 닫히자 세단은 멀어졌다. 하지만 완전히 떠난 건 아니었다. 차는 200미터 떨어진 곳에서 멈추었다. 그리고 시동이 꺼졌다.

호영이 곽인은 근처의 나무 밑 그늘 속에 몸을 숨겼다.

편정호의 모습은 보이지 않았다.

호영이 곽인을 보며 작은 목소리로 말했다.

"들어가 보는 게 어떨까. 네 생각은 어때?"

곽인은 망설이는 얼굴로 오솔길을 보며 말을 받았다.

"따거와 형제들을 기다리는 게 나을 것 같아."

그가 턱으로 세단이 은신한 곳을 가리키며 말을 이었다.

"저 운전수가 말하는 거 들었잖아. 저 안에 있는 건 귀신이 나온다는 소문이 도는 폐허야. 그 정도로 많이 망가진 건물이 있을 거라고. 그런 곳은 은폐할 곳이 많다는 거 알잖아. 만약 그자가 저 안에 있다면 내부 환경을 알지 못하는 우리 둘만으로는 상대하지 못할 수도 있어."

곽인은 장완기의 수하들 중에서도 신중하기로 손에 꼽히는 인물이었다.

호영은 고개를 끄덕이며 말을 받았다.

"좋아, 곧 오신다고 했으니까 기다리자. 무기도 지금 받아야 하고."

의견이 일치한 그들은 입을 다물었다.

곽인은 돌다리도 두드려보고 건널 만큼 신중한 반면에

호영은 눈치가 빠르고 민첩해서 궁합이 잘 맞았다. 게다가 두 사람 모두 탁월한 무예 실력의 소유자였다. 그래서 그들은 큰 싸움에서 척후 역할을 전담하다시피 했다.

그들은 호주머니에서 망원경을 꺼내어 오솔길과 도로변을 번갈아 가며 예의 주시했다.

태양회가 그들에게 제공한 정보대로라면 편정호는 저 야산 지대의 안쪽에서 이혁과 만나기로 한 듯했다.

이혁이 편정호보다 먼저 안에 들어갔는지 아니면 아직 도착하지 않았는지 모르는 이상 야산 지대로 향하는 길과 도로를 모두 감시할 수밖에 없었다.

침묵을 유지하며 망원경에 눈을 붙이고 있던 곽인이 미간을 찡그렸다.

너무 집중한 탓인지 옆에서 들리던 호영의 기척이 사라진 것처럼 느껴진 것이다. 게다가 묘하게 등골이 오싹하기까지 했다.

'귀신이 나온다는 소리를 들어서 그런가…….'

속으로 잡스런 생각을 하며 고개를 호영이 있는 쪽으로 돌린 곽인의 안색이 썩은 빛으로 변했다.

호영은 처음처럼 여전히 그의 옆에 있었다. 그러나 변한 것이 있었다.

그는 더 이상 살아 있지 않았다.

머리가 돌아가 등을 보며 꺾인 사람이 살아 있을 수는 없는 것이다.

곽인은 비명이 나오려는 것을 참으며 최고의 속도로 뒤로 물러났다. 2미터 정도의 거리가 눈 한 번 깜박이기도 전에 벌어졌다.

번개같이 허리 뒤춤에 꽂아두었던 단검을 꺼내 든 그의 전신에 소름이 돋았다.

바로 옆에서 호영의 머리가 부러졌는데도 아무런 소리도 듣지 못했다. 그 의미는 간단하지 않았다.

목뼈는 아무런 소리 없이 부러질 수 없다.

그렇다면 그 소리조차 통제할 수 있는 능력자가 나타났다고 생각하는 것이 옳았다.

누가 들어도 비현실적인 이야기였지만 곽인은 자신의 판단을 믿었다. 앙천에도 그런 식으로 사람을 죽일 수 있는 능력자는 적지 않았으니까.

단검을 손에 든 그는 호영의 시신에서 눈을 떼고 사방을 돌아보았다.

휘이이이이—

온몸을 서늘하게 하는 바람이 불어왔다.

그뿐이었다.

사람의 기척은 어디에서도 느껴지지 않았다.

정말 귀신이 호영을 죽인 것처럼 생각되었다. 그 정도로 사방은 고요하기만 했다.

그때였다.

"감각이 쓸 만하긴 한데, 거기까지야."

등 뒤에서 감정이 실려 있지 않은 목소리가 들려왔다.

머리끝이 곤두설 정도로 놀란 곽인은 무서운 속도로 몸을 돌리며 단검을 휘둘렀다. 그동안 쌓은 내공과 젖 먹던 힘까지 칼에 실렸다.

쐐악!

단검이 지나간 뒤에야 공기가 찢어지는 소리가 났다. 그만큼 빠르고 강력한 칼질이었다. 그러나 상대가 너무 나빴다.

턱!

단검을 든 팔이 절반도 휘둘러지기 전에 누군가의 손에 팔목이 잡혔다.

그 손가락은 쇠갈고리처럼 단단해서 곽인은 팔목이 잡히자마자 온몸에서 힘이 썰물처럼 빠져나가는 것을 느꼈다.

몸이 단숨에 마비라도 된 것처럼 꼼짝도 할 수 없게

되었다.

그의 안색이 시체처럼 창백해졌다.

몸에 이런 증상을 불러일으킬 수 있는 무공수법은 한 가지 뿐이었다.

"점… 혈(點穴)!"

그가 떨리는 목소리로 중얼거렸다.

당대에 점혈 수법을 쓸 수 있는 고수는 정말 드물었다. 무공 고수가 구름처럼 많다는 앙천 내에서도 이 수법을 익힌 이는 몇 되지 않았다.

곽인은 고개를 들어 자신의 팔목을 잡고 있는 자를 쳐다보았다.

이목구비의 선이 굵어 시원스럽다는 느낌을 주는 호남형의 청년이 무표정한 얼굴로 그를 보고 있었다.

"누구……?"

이혁은 미간을 찡그렸다.

"눈에 불을 켜고 나를 찾으러 다녔으면서 앞에 있는데 알아보지 못하면 섭섭하지."

"이… 혁……?"

곽인과 이혁이 하는 말은 중국어였다.

이혁의 중국어는 유창했다.

그는 장석주가 죽은 갑하산에서 앙천과는 같은 하늘을 이고 살지 않겠다고 맹세했다.

5년간 세상을 떠돌면서도 그는 언젠가 중국으로 들어가 앙천을 궤멸시키겠다는 바람을 한순간도 포기한 적이 없었다.

그래서 중국어는 지난 세월 동안 그가 가장 공들여 익힌 것들 중의 하나였다.

그가 말했다.

"먼저 가서 기다려. 외롭지 않을 거다. 곧 이 나라에 들어온 네 동료들도 전부 네 뒤를 따라 지옥으로 갈 거니까."

힘없는 눈으로 이혁을 보며 축 늘어져 있던 곽인이 갑자기 입을 확 벌리며 피를 뿜어댔다. 절반이나 잘려 나간 혀와 함께 핏물이 쏟아졌다.

끔찍한 고통이 마비를 풀었다.

곽인은 사력을 다해 단검을 휘두르려 했다. 하지만 그의 최후의 노력은 그냥 노력으로 끝났다.

이혁이 순간적으로 손을 비틀었다.

우두둑!

단검을 쥔 곽인의 팔목이 수수깡처럼 부러졌다.

그것으로 끝난 게 아니었다.

이혁은 발끝을 세워 곽인의 목젖을 걷어찼다.

와드득.

단 일격에 곽인의 목은 뿌리째 뽑혀 나갔다.

피가 분수처럼 치솟았다.

코앞에 있던 이혁이 피를 뒤집어쓸 수밖에 없는 듯했다. 하지만 그것도 이루어질 수 없는 일이었다.

스읏.

허깨비처럼 사라진 이혁이 곽인의 시신으로부터 3미터는 떨어진 곳에 모습을 드러냈다.

그는 생명이 사라진 시신들에 눈길도 주지 않고, 2백미터 떨어진 곳에 있는 세단을 쳐다보았다.

부아아앙—

그의 시선이 닿은 것을 느낀 듯 어느새 시동을 켠 세단은 굉음과 함께 도로를 달려나갔다.

이혁은 어깨를 으쓱했다.

"그래, 가서 많이 몰고 와라. 그렇게들 나를 보고 싶어하니 기대를 매정하게 저버리는 것도 사람이 할 짓이 못되는 것 같고, 그냥 이곳에서 귀국 기념 난장이나 제대로 쳐보자. 그러면 혹시 모르지. 친절한 이혁 씨라고 불릴지도."

이혁은 말도 되지 않은 소리를 중얼거리며 느긋하게

오솔길로 걸음을 옮겼다.

"망치야, 고맙다. 세상에 이렇게 아무 생각 없이 미끼 노릇 잘할 사람은 너밖에 없을 거야."

먼저 들어간 편정호는 밖에서 무슨 일이 벌어졌는지 상상도 하지 못한 채 투덜거리며 그를 찾고 있을 터였다.

30여 분 후.

곽인과 호영의 시신이 있는 곳이 소총과 권총, 수류탄으로 중무장한 50여 명의 건장한 사내로 뒤덮였다.

장완기는 시신들 앞에 섰다.

무력을 담당하는 오른팔 노웅천과 책사 역할을 하는 왼팔 왕준, 그리고 다른 사내들이 불길처럼 타오르는 눈을 하고 그의 뒤에서 뜨거운 숨을 삼켰다.

"조우와 동시에 죽음이라… 인사 한번 화끈한 놈이로군."

낮게 중얼거리는 목소리에서 소름 끼치는 살기가 진득하게 묻어났다.

그가 몸을 돌려 부하들을 보았다.

"너희가 보았듯이 적은 강하다. 곽인과 호영은 신중했는데도 저항도 제대로 하지 못하고 당했다. 차 안에서 지켜보던 태양회의 수하가 본 것은 마치 유령처럼 나타나 두 사람을 죽이던 이혁의 모습이었다."

그가 두 손을 가볍게 떨치는 시늉을 하자 텅 비어 있던 오른손에 석 자 길이의 중국 검이, 왼손에는 베레타가 나타났다.

그가 말을 이었다.

"놈은 강하다. 절대 흩어지지 마라. 저 안의 공간은 넓지 않다. 모두 동료의 시야 안에서 움직여라. 놈은 은신의 대가이고, 무예의 초절정고수다. 단독 박투로 놈과 싸워서는 절대 승산이 없다는 걸 잊지 마라. 동료를 믿고 수단 방법을 가리지 마라."

그는 이를 부드득 갈며 낮게 말했다.

"으득, 우리는 앙천 최강의 투사 집단 혈우대(血雨隊)다. 혈해와의 싸움에서 불패전승(不敗全勝)의 신화를 쌓은 것이 우리다. 우리는 이 싸움에서도 이긴다. 싸움이 끝난 후 그자의 시신을 안주 삼아 취하도록 마셔보자."

장완기와 부하들의 눈동자가 강렬한 전의로 인해 붉게 물들었다.

"야, 저놈들 너무 많지 않냐? 어깨에 멘 거 소총이잖아. 허리에 매달고 있는 건 암만 봐도 수류탄인데? 미친

놈들 아니냐? 남의 나라에 와서 전쟁이라도 벌이자는 거야, 뭐야!"

오른쪽 야산의 정상 부근에서 망원경을 통해 멀리 옹기종기 모여 있는 50여 명의 사내를 훑어보던 편정호가 어이가 없다는 어투로 말했다.

이혁은 어깨를 으쓱했다.

"필요하면 전쟁보다 더한 짓이라도 서슴없이 하는 놈들이야."

편정호가 이혁의 어깨를 슬그머니 잡으며 말을 받았다.

"야, 내가 네 솜씨 잘 알긴 하는데 말이야. 아무래도 이건 아닌 거 같다. 저 자식들 무장 수준이 장난 아니잖아. 저놈들 상대하려면 소대 두어 개는 있어야 할 거 같아. 맨몸으로 상대하기엔 좀 그렇다."

이혁은 피식 웃었다.

"왜, 겁나?"

편정호의 눈썹이 하늘을 향해 곤두섰다.

"이 자식이 날 뭘로 보고! 내가 누군지 잊었냐? 워해머 편정호가 나야, 임마!"

"잊을 리가 있나, 망치를."

편정호의 어깨가 축 늘어졌다.

이혁이 싱긋 웃으며 말했다.
"먼저 가라. 가서 내가 부탁한 거나 해놔."
"널 혼자 두고는 발이 안 떨어진다."
"난 남자 싫어해. 이런 외진 곳에서 남자하고 단둘이 오래 있으면 두드러기 난다."
"이런 씨벌놈이! 몇 년 지났다고 왜 이리 능글거리게 변했냐!"
망치가 투덜거리자 이혁이 그의 등을 밀었다.
"가주는 게 날 돕는 거다. 저런 놈들 사단 병력으로 몰려와도 나 혼자 처리할 수 있어. 그러니까 가라. 아침에 보자."
편정호는 한숨을 내쉬며 말을 받았다.
"후우, 온몸이 간덩이인 놈을 친구로 둔 내 팔자지……. 알았다."
편정호는 그리 무겁지 않은 걸음으로 야산을 내려갔다. 그는 뒤쪽에 있는 은밀한 길을 통해 이곳을 빠져나갈 터였다.
그사이 장완기와 혈우대는 빠르게 접근해 오고 있었다.
이혁의 입가에 얼음처럼 차가운 미소가 떠올랐다.
폭풍 같은 살기가 야산을 뒤덮어 갔다.

제5장

서울 중구, 힐튼 호텔 스위트룸.

벌거벗은 채 침대에 엎드려 있는 건장한 남자의 어깨 위로 나긋나긋한 손길이 리드미컬하게 움직였다.

은어처럼 길고 잡티 하나 보이지 않아서 마치 상아로 조각한 것 같은 손의 주인은 실크 가운을 걸친 금발의 여인이었다.

여인은 170이 넘는 장신이었다. 굴곡이 완연한 몸매는 보는 사람의 넋을 빼앗을 것처럼 매혹적이었고, 눈처럼 하얀 피부와 어울리는 이목구비는 그린 듯 아름다웠다.

여인의 손이 닿은 남자의 어깨가 가볍게 꿈틀거렸다. 엎드려 있는 그의 상체는 구릿빛이었다. 그리고 강철로 빚은 듯한 근육으로 덮여 있었다.

묵묵히 안마를 받고 있던 사내가 오른손을 살짝 들었다.

제시카는 손을 멈추고 침대 옆에 놓아두었던 가운을 들어 건넸다. 상체를 일으킨 사내는 제시카가 건네주는 가운을 받았다.

그의 몸은 보는 사람이 절로 탄성을 토해내게 할 정도로 멋있었다. 타고난 신체 비율과 후천적인 노력으로 만들어낸 근육들이 완벽한 균형을 이루고 있었다.

그는 타케시 후지와라였다.

일어나 가운을 걸친 타케시는 거실로 나갔다. 자리에 앉은 그는 제시카가 따라준 커피 잔을 들며 그녀에게 물었다.

"나나미한테 다른 연락은 없었나?"

굵고 힘이 넘치는 목소리였다.

제시카는 화사하게 웃으며 대답했다.

"편정호라는 자가 대전 경계에서 남쪽으로 20킬로미터가량 떨어진 곳에 있는 야산 지대로 들어갔고, 그 뒤를 장완기가 이끄는 앙천의 혈우대가 따르고 있다는 보고가 있었어요."

타케시의 눈빛이 깊어졌다.

"그 지점이라면……."

그의 시선이 제시카를 향했다.

"아무래도 그곳 같은데?"

제시카가 고개를 끄덕이며 말을 받았다.

"궁금해 하실 것 같아서 나나미가 말한 장소를 조사해 놓았어요. 보스의 생각이 맞아요. 회장님께서 만든 연구소가 있던 그곳이더군요."

타케시가 눈살을 찌푸렸다.

"회장? 그 명칭 사용하지 말라고 했잖나. 다이키라고 불러라."

제시카가 요염하게 눈웃음을 흘리며 고개를 끄덕였다.

"죄송해요, 보스. 깜박했어요."

그녀가 말을 이었다.

"그곳은 과거 대전 암흑가를 장악했던 유성회의 소유였고, 5년 전 유성회가 무너진 후로는 편정호라는 자의 소유가 되었어요. 전에 제가 말씀드린 적이 있는데 기억하세요?"

타케시는 고개를 끄덕였다.

“아마도… 밤의 대통령이라고 불리는 상산파의 이자룡이 뒤를 봐주고 있는 망치파의 보스 이름이 편정호였지?”

“맞아요.”

제시카는 환하게 웃으며 말을 계속했다.

“그는 유성회 보스 최일의 사망 후, 유성회 재산 전부를 인수했죠. 그 가운데 다이키님의 연구소가 들어 있던 거예요. 그동안 편정호는 연구소를 방치했어요. 수리도 하지 않았고, 다른 용도로도 사용하지 않았죠. 그래서 그 지역은 5년 전 그때와 마찬가지로 폐허로 남아 있어요.”

타케시는 벽에 걸린 시계에 눈길을 주며 중얼거렸다.

“편정호가 이 시간에 왜 그곳으로 갔을까? 혈우대가 뒤를 따르고 있다는 것을 모르고 있는 것일까?”

“모든 가능성이 열려 있다고 봐요.”

제시카가 말을 이었다.

“이혁이 대전에 있다는 건 이제 비밀도 아니에요. 태양회가 앙천에 정보를 주고 있는 이상, 편정호와 그의 관계도 드러났다고 봐야 할 거고요. 혈우대가 편정호를 쫓고 있는 것도 그가 이혁을 만나기 위해 움직이고 있다고 생각하기 때문일 거예요."

"너는? 그곳에 이혁이 있다고 생각하나?"

제시카는 고개를 끄덕였다.

"예."

"지켜볼 필요가 있겠군."

"변화가 있다면 나나미에게서 보고가 올라올 거예요."

타케시는 잠시 말이 없었다.

그는 묵묵히 커피를 마시며 생각에 잠겼다. 정면을 노려보는 두 눈 깊은 곳에 용암처럼 들끓는 무엇인가가 있었다.

"이혁……."

그는 갑하산에서 만났던 이혁의 모습을 머리끝에서 발끝까지 기억하고 있었다. 그 기억은 너무나도 선명해서 마치 어제 있었던 일처럼 느껴질 정도였다.

어떻게 잊을 수 있겠는가, 그에게 치욕적인 패배를 안겨준 상대를.

자신도 모르는 사이 움켜쥔 주먹의 등에 지렁이 같은 심줄이 꿈틀거리며 튀어나왔다.

"후우……."

타케시는 이혁을 떠올리며 깊게 숨을 내쉬었다.

끓어오르던 가슴이 조금씩 진정되었다.

그는 이혁을 만나기 위해 5년을 기다렸다.

"이혁과 제노사이더가 동일 인물이라면 그는 앞으로 어떤 식으로 움직일까? 제시카, 예측할 수 있겠나?"

제시카는 웃으며 대답했다.

"CIA가 엄청나게 바빠질 거예요."

뜬금없는 대답이었지만 타케시는 제시카의 대답을 바로 알아들었다.

"그들을 무시하는 건 아니지만 과연 수습이 가능할까?"

"쉽진 않을 거예요, 정말 많은 사람이 죽을 테니까요. 이혁이 은밀하게 손을 쓴다면 다행이겠지만 그렇지 않다면 피보라가 쓰나미처럼 이 나라의 중심부를 휩쓸어 버릴 수도 있어요."

"재미있겠군."

타케시의 웃음 섞인 반응에 제시카는 환하게 웃었다.

"사실, 저는 그가 은밀하게 움직이지 않기를 바라고 있어요. 보스의 말씀처럼 그쪽이 훨씬 더 재미있을 게 분명하니까요."

빈 커피 잔을 탁자에 내려놓은 타케시가 자리에서 일

어났다. 자석처럼 따라 일어난 제시카가 그의 겨드랑이를 파고들었다.

제시카를 품에 안은 타케시는 침실 쪽으로 걸음을 옮기며 중얼거렸다.

"빨리 그를 만나고 싶지만 좀 기다려야겠지?"

가운 속으로 손을 넣어 그의 가슴을 어루만지던 제시카가 말을 받았다.

"많은 세력이 그를 주시하고 있어요. 굳이 그들에 앞서서 이혁을 만날 필요는 없다고 생각해요."

그녀는 낮게 웃으며 말을 이었다.

"호호호, 세상에서 가장 재미있는 것이 싸움 구경이라고 하잖아요. 평생 두 번 다시 보기 힘든 싸움이 쉴 새 없이 벌어질 거예요. 그걸 보고 나서 그를 만나도 늦지 않을 거예요."

타케시도 크게 웃었다.

"하하하하, 네 말이 맞다."

그들은 문이 열린 침실로 들어섰다.

타케시의 두 눈이 음험하게 빛났다.

"그들 중에 다이키 형님의 이름이 들어가는 것도 나쁘지 않겠지. 제시카, 형에게도 정보를 보내 드려라."

제시카의 눈이 반달처럼 휘어졌다.

그녀는 미소 지으며 대답했다.

"이미 보내 드렸어요."

"하하하하하!"

타케시는 미친 듯이 웃음을 터트리며 제시카의 몸을 안아 들었다.

그의 몸이 불처럼 뜨겁게 달아오르고 있었다.

*　　　*　　　*

좁은 길의 좌우 야산 중턱까지 장악한 장완기와 수하들은 일제히 내부로 진격해 들어갔다.

현대식 무기로 중무장하고 있지만 본질적으로 그들은 상승의 살수 계열 무공을 극한까지 수련한 무인들이었다.

움직일 때 소리도 거의 나지 않았고, 속도 또한 바람처럼 빨랐다.

앙천 혈우대원들이 접근해 오는 것을 보는 이혁의 입가에 서늘한 미소가 걸렸다.

'훈련을 제대로 받은 놈들이로군.'

혈우대원들은 전후좌우의 간격은 놀라울 정도로 적절했다. 그들이 벌리고 있는 동료들 사이의 거리는 재래식 무기, 검이나 도의 궤적이 방해받지 않는 공간 개념에서 더 나아간 것이었다. 그 간격은 총알의 궤적까지도 감안된 것이었다.

그것은 혈우대가 무공뿐만 아니라 군사훈련까지도 섭렵한 정예라는 것을 말해주고 있었다.

'그렇다 해도 변하는 것은 없다.'

이혁은 두 손을 활짝 폈다.

손가락 끝에서 반투명한 열 개의 홍광이 일어났다.

꿈처럼 아름답지만 치명적인 위험을 품고 있는 빛, 환상혈조였다.

장완기는 앞서가는 부하들의 뒤를 따르며 전방을 날카롭게 훑었다.

별빛이 밝은 밤이었다.

느릿하게 흘러가는 구름이 간간이 달을 가렸다. 그러나 밝은 별빛만으로도 시계를 확보하는 건 어렵지 않았다.

혈우대원들의 안력과 청력은 일반인과 비교하는 게 무

의미할 정도로 뛰어났다.

그럼에도 5인 1개조를 이루고 있는 혈우대원들은 각 조에 한 명이 야간 투시경을 쓰고 있었다.

적은 혈수대를 궤멸시킨 남자였다.

그들은 무공으로 단련된 자신들의 감각을 신뢰하고 있었지만 혹시 모를 가능성까지 대비한 것이다.

'제노사이더는 전 세계를 통틀어 다섯 손가락 안에 드는, 톱클래스의 암살자라고 했다. 그리고 한 번도 실패하지 않았다고 한다. 은신 능력이 뛰어나지 않다면 그런 성과는 불가능하다. 그리고 정면승부였다면 혈수대가 그렇게 전멸당했을 리도 없다. 그자는 숨어서 요격하는 데 능하다.'

그의 눈빛이 스산해졌다.

'그렇다는 건… 우리가 먼저 그자를 발견한다면 잡을 수 있다는 말이 된다. 반대라면… 우리가 패할지도 모르지. 하지만 그런 일은 벌어지지 않는다. 내가 그렇게 만들지 않는다!'

그가 생각에 잠겨 있는 와중에도 대열은 계속 전진했다.

곧 야산에 둘러싸인 작은 분지가 그의 눈에 들어왔다.

잡풀에 뒤덮인 넓은 마당과 허물어져 가는 몇 개의 건물이 눈에 들어왔다 .

혈우대원들은 언제든 발사가 가능하도록 방아쇠에 손가락을 얹은 채로 조금씩 앞으로 전진했다.

스슥. 스슥. 스슥.

적막에 잠긴 분지에 잡풀이 몸을 스치는 작은 소리들이 마치 천둥소리처럼 났다.

그리고,

싸움, 아니, 악몽과도 같은 일방적인 학살이 시작되었다.

혈우대 열 개 조 중 7조는 다른 두 개의 조와 함께 좌측을 담당했다.

주륜은 7조의 조장이었다.

그는 왼손에 권총을, 오른손에는 50센티 길이의 등이 둥글게 휜 칼을 들고 있었다. 그 모습은 장완기와 흡사했다.

어찌 보면 그건 당연했다.

그는 장완기에게 무공을 배웠고, 그를 신처럼 숭배했다.

그래서 말투에서부터 걸음걸이까지 그는 장완기의 모든 것을 그대로 따라하는 걸 자랑스럽게 여기는 그런 남자였다.

'오늘 놈을 죽인다. 그래서 스승님의 한을 풀어드리겠다.'

그의 눈에 예리한 살기가 떠돌았다.

주륜은 장완기에게 무공을 배울 때 그가 적무린을 얼마나 아끼는지 옆에서 눈으로 본 남자였다.

그리고 적무린이 적에게 살해당했다는 소식을 들은 후 그가 얼마나 절망했는지도 똑똑히 보았다.

근 1년 동안 지속되었던 그때의 기억은 화인처럼 또렷하게 뇌리에 남아 있었다.

조심스럽게 걸음을 옮기던 주륜은 문득 자신의 오른쪽이 허전해졌다는 것을 알아차렸다. 그의 오른쪽에는 부하인 온걸이 있어야 했다.

흠칫하며 고개를 돌린 그는 온걸이 아니라 텅 빈 허공을 보아야만 했다. 그리고 그것이 그가 이 세상에서 본 마지막 풍경이었다.

스팟!

그의 정면 허공에 반투명한 홍광이 번뜩이며 공기가

갈라지는 소리가 작게 났다.

목이 잘린 주륜의 몸이 피를 분수처럼 뿜어내며 썩은 통나무처럼 그 자리에 무너져 내렸다.

그의 죽음은 어이없을 정도로 허무했다.

사연이 깊다고 그것을 알아주는 인정 넘치는 세상이 아닌 것이다.

7조의 대원 온걸이 죽었을 때 그것을 알아차린 사람은 아무도 없었다.

온걸은 신중하게 전진하다가 갑자기 온몸이 잘게 산산조각이 나며 피 모래로 스러졌다. 그의 죽음은 갑작스러웠고, 믿기 어려울 정도로 비상식적이었다.

그러나 두 번째로 주륜이 죽었을 때, 장완기와 혈우대원들은 자신들이 공격받고 있다는 것을 자각할 수 있게 되었다.

온걸과 달리 주륜은 목이 잘려 죽었다.

시신이 남아 있었고, 그가 피를 뿜으며 쓰러지는 장면은 보통 사람의 속도와 다르지 않아서 눈이 있는 사람이라면 보지 못할 수가 없었다.

"왔다!"

장완기는 짧게 소리쳤다.

그것이 끝이었다. 더는 말이 없었다.

제노사이더라 불리는 적은 이미 그들이 만든 진형과 충돌하고 있었다.

세세한 작전 지시를 내릴 여유는 없었다. 그렇게 관대한(?) 적이 아니었다. 평소의 훈련과 수많은 경험 속에서 만들어진 실력만이 통용되는 실전의 순간이 온 것이다.

장완기와 혈우대원들은 눈을 부릅떴다. 긴장과 살기로 뒤범벅되어 있는 눈길이었다.

동료 둘이 죽었다.

적은 분명 그들의 공격 범위 내에 있었다.

긴장의 강도가 급격하게 올라갔다.

극한의 훈련을 통해 고도로 발달된 그들의 감각에 적이 감지되지 않았기 때문이었다.

야간 투시경을 쓰고 있는 자들의 상황도 별다르지 않았다. 적외선은 그들의 동료를 보여줄 뿐 적을 잡아내지는 못했다.

그사이 혈우대원 둘이 머리가 잘린 시신이 되어 쓰러졌다.

비명도 지르지 못하는 무참한 죽음이었다.

분노와 살기로 번들거리는 장완기의 눈에서 광기가 느껴졌다.

별빛 사이로 반투명한 홍광이 어른거리면 여지없이 혈우대원 한 명이 시신으로 화했다.

눈을 찢어져라 부릅뜨고 있는데도 적을 찾을 수 없다는 것이 그를 미칠 지경으로 만들고 있었다.

감각에 잡혀야 싸우든지 말든지 할 것이 아닌가.

이혁이 펼치는 사신암행과 암향무영은 극에 이르러 있었다.

혈우대는 기척과 기세를 죽은 자처럼 없애고, 어둠만이 아니라 빛 속에도 몸을 숨길 수 있는 경지에 이른 그를 찾아내지 못했다.

탕탕탕!

드르륵! 드르륵!

고막이 떨어져 나갈 듯한 총성이 야산 지대를 뒤흔들었다.

혈우대원들은 이혁이 있을 곳으로 짐작되는 지점을 향해 일제히 방아쇠를 당겼다. 그들이 할 수 있는 건 그것뿐이었다.

속수무책과 무인지경이라는 말이 저절로 떠오르는 싸움이었다.

재래식 냉병기인 도검에 더해 권총과 소총, 수류탄까지 소지하고 있는 50명이 단 한 명을 상대하지 못하고, 그것도 정면에서 걸어오는 싸움에서 일방적으로 학살당하고 있었다.

혈우대는 손쓸 방법을 찾지 못했고, 이혁은 무인지경처럼 혈우대원들 사이를 누볐다.

타타타타타탕!

드르륵! 드르륵! 드르륵!

분지를 뒤흔드는 총성 속에 가늘게 허공을 찢는 소리도 섞여서 났다.

스팟!

그리고 피 분수가 치솟았다.

눈 몇 번 깜박하는 사이에 30여 명이 머리 잘린 시신이 되어 잡풀 사이에 쓰러졌다.

이혁은 서두르지 않았다.

그는 동에 번쩍, 서에 번쩍하지 않았다.

한 명이 죽이면 바로 그 옆의 혈우대원에게 환상혈조를 휘둘렀다.

기계적이라는 느낌을 받을 정도로 순서는 변하지 않았다. 그래서 혈우대원들은 죽음의 순서를 명확하게 알 수 있었다.

자신이 죽을 순간을 미리 알 수 있다는 것이 불러일으킨 공포는 극심했다.

그럼에도 혈우대원들은 대형을 흐트러뜨리지 않았다. 그들이 받은 혹독했던 훈련이 그것을 가능하게 했다.

수십 명이 쏘아대는 총알 세례 속에서 이혁은 묵묵히 움직였다. 그가 움직일 때마다 혈우대원이 죽어갔다.

보통 사람이라면 적을 죽이기는커녕 한 발짝도 제대로 움직이기 어려운 상황이었다. 하지만 이혁에게는 그렇게 위험한 상황도 아니었고, 어렵지도 않았다.

혈우대원들이 총을 쏘는 지점은 죽음의 순서에 직면한 동료를 중심으로 그의 전후좌우와 허공이었다.

동료의 몸에 총을 쏘는 대원은 없었다.

일정 범위를 초토화시키는 듯한 화망이지만 그 중심엔 그들이 죽여서는 안 되는 동료 혈우대원이 있었던 것이다.

그 허가 화망에 빈틈을 만들었다.

환상혈조는 그 틈을 인정사정없이 파고들었다.

이혁이 펼치고 있는 것은 암왕사신류 무예의 정화들이었다.

적의 화망을 견디기 위해 천강귀원공의 금강결로 신체 외부를 보호하고, 사신암행으로 기척과 기세를 죽였으며, 암향부동으로 몸을 감추었다.

그리고 찰나간 적을 죽이고 화망을 빠져나오는 데는 묘행보를 사용했고, 적의 목숨을 거두는 데는 환상혈조를 썼다.

그는 무예를 익힌 자들이 궁극의 경지라 부르는 기법들을 아낌없이 사용하고 있었다.

혈우대원이 20여 명밖에 남지 않았을 때 노웅천이 장완기에게 몸을 붙이며 말했다.

"따거, 그것을 써야 합니다. 정상적인 싸움으로는 저자를 상대할 수 없습니다. 이대로는 혈수대처럼 우리도 전멸합니다."

장완기는 이를 악물며 고개를 끄덕였다.

"죄송합니다, 따거. 먼저 가겠습니다. 되도록 늦게 오셔주십시오."

말을 마친 노웅천이 날카롭게 휘파람을 불었다.

휘이이익―

살아남은 자들 중 십여 명이 이를 악무는 시늉을 하는 게 보였다. 그것은 이빨 속에 감춰두었던 무언가를 터트리기 위한 몸짓이었다.

그들 중에는 장완기의 오른팔인 노웅천과 왼팔인 왕준도 포함되어 있었다.

부하들을 보는 장완기의 두 눈에 형용하기 어려운 복잡한 기색이 떠올랐다가 천천히 사그라졌다.

'너희들만 보내지는 않는다.'

그도 부하들처럼 어금니를 악물었다.

딱!

무언가 깨지는 소리와 함께 쓰디쓴 맛이 입안에 확 퍼졌다.

효과는 바로 왔다.

근육과 뼈가 쇠로 만든 것처럼 단단해지는 느낌이 왔다. 시력과 청력을 비롯한 감각도 무한대로 확장되는 듯했다.

허공에 흐르는 바람의 결이 손에 잡힐 듯 보였고, 부하들의 움직이는 소리가 천둥처럼 고막을 울렸다.

등 뒤와 같은 사각지대조차 눈으로 보는 것처럼 사물의 형태가 감각에 잡혔다.

주먹을 뻗으면 산을 허물 수 있을 것 같았고, 일검이면 하늘도 벨 듯했다.

장완기의 눈이 핏빛으로 물들었다.

정상적인 방법으로는 적을 상대할 수 없다는 것이 증명되었다.

그들이 깨문 이 속에는 캡슐 형태의 알약이 들어 있었다.

알약의 성분은 짧은 시간 동안 그들에게 초인적인 능력을 부여해 주었다.

그 힘이 비정상적인 것이었던 것만큼 대가도 컸다.

심하면 죽음, 약해도 폐인.

그것이 초인적인 힘을 얻고 치러야 하는, 예정된 대가였다.

이혁도 분위기가 변한 것을 알아차렸다.

살아 있는 20여 명 중 절반의 눈빛이 달라져 있었다.

그들의 눈빛은 낯설지 않았다.

살아 있는데도 죽음이 느껴지는 눈빛.

방금 전까지 공포를 정신력으로 극복하던 자들의 눈빛이 아니었다. 이제 그들은 공포를 느끼고 있지 않았다.

수풀을 딛고 선 몸도 달라졌다.

두 발로 밟고 있는 데도 풀은 쓰러지지 않았다. 장완기와 열 명의 혈수대원은 꼿꼿이 선 풀을 밟고 움직이고 있었다.

그들의 모습은 경신술의 극이라는 초상비(草上飛)의 경지에 대한 전설과 닮아 있었다.

그리고 그들의 눈빛과 몸짓은 이혁이 과거의 어느 순간 경험했던 것과 너무도 비슷했다. 데자뷰처럼 당시의 상황이 이혁의 눈앞에 떠오르며 혈수대원들의 모습과 겹쳐졌다.

'이건…….'

이혁은 미간을 좁혔다.

깎은 듯 반듯한 이마에도 주름이 몇 개 잡혔다.

'전쟁 말 731부대의 비밀 실험실에서 흘러나온 초인연구 자료의 일부를 얻은 자들 중에 앙천의 선대도 있었다고 하더니… 그걸로 뭔가를 만들어내긴 했나 보군.'

장완기와 혈수대원들이 주는 느낌은 무역 전시관과 갑하산에서 싸웠던 괴물들과 닮아 있었다.

초인이되 인간이라 부를 수 없는 자들.

생명을 잃었음에도 괴력을 발휘했던, 그래서 괴물과도 같았던 자들.

바로 그들을 닮아 있었던 것이다.

찰나지간, 정상을 유지하고 있던 혈수대원들이 모두 머리를 잃은 시신이 되어 쓰러졌다.

총성이 멎었다.

장완기와 열 명의 혈수대원들은 반원형의 대형으로 늘어선 채 전방의 한 지점을 바라보았다.

아무것도 없던 허공이 일렁거리며 열 개의 반투명한 홍광이 나타났다. 뒤이어 그와 연결된 사람의 모습이 드러났다.

자신의 앞에 반원을 그리며 늘어선 적을 보는 이혁의 입가에 서늘한 미소가 떠올랐다.

그의 미소를 본 장완기는 눈살을 찌푸리며 검과 총을 고쳐 잡았다.

전신에 소름이 돋아나 있었다. 하지만 기분이 조금 나빠졌을 뿐 그 소름이 무엇 때문에 일어난 것인지 알 수는 없었다.

앙천의 연구소에서 만들어진 약물은 아직 완성된 것이 아니었다. 그래서 그것을 복용하게 되면 몇 가지 부작용이 생겼다.

그중 하나가 정상적인 판단 능력을 유지하지 못한다는

것이었다.

정완기는 정신력이 강한 사람이었지만 그 폐해를 피하지 못한 것이다.

이혁은 두 손을 활짝 폈다.

환상혈조에서 흘러나오던 반투명하던 홍광이 타는 듯한 붉은 빛으로 변했다.

처음 이들과 비슷한 느낌을 주는 괴물들과 조우했을 때도 이혁은 두려워하지 않았다. 수월하게 이긴 건 아니었어도 승리했었다. 하물며 그때로부터 5년이나 지났다.

괴물의 수가 당시보다 몇 배나 많아졌고, 또 그때보다 강할지도 모르지만 그도 전과는 비교가 무의미할 정도의 초강고수가 되어 돌아왔다.

두려워할 이유가 없는 것이다.

드드륵!

이혁을 향하고 있던 총구중의 한 개가 급작스럽게 불을 뿜었다. 그 소총의 주인은 장완기의 오른팔인 노웅천이었다.

노웅천은 미친 듯이 소총의 방아쇠를 당기며 이혁을 향해 몸을 날렸다.

잔상조차 제대로 남지 않을 정도로 무섭게 빠른 몸놀림.

이혁과의 거리를 단숨에 1미터도 안 될 정도로 좁힌 노웅천은 소총의 개머리판으로 이혁의 미간을 찍어갔다.

쐐애애액—

개머리판이 이혁이 있던 허공을 찍은 뒤에야 공기가 찢어지는 소리가 났다. 움직임을 소리가 따르지 못하고 있었다.

이혁은 상체를 비틀어 개머리판을 피했다.

그것을 본 노웅천이 소총을 그대로 던지며 두 주먹을 번갈아 가며 이혁의 인중과 목을 쳤다.

그는 손에 묵직한 느낌의 금속 너클을 차고 있었다.

한번만 맞아도 살이 짓이겨지고 뼈가 으스러질 것이 분명한 힘이 깃든 주먹질이었다.

하지만 상대는 불행하게도 야차회륜박이라는 고금에 드문 박투술의 정화를 극에 이르도록 익히고 있는 이혁이었다.

이혁의 두 팔이 미끄러지듯 노웅천의 두 팔꿈치 사이를 파고들며 회전했다.

손끝이 슬쩍 닿았을 뿐인데도 그 힘을 이기지 못한 노웅천의 몸이 공중에 뜨며 물레방아처럼 허공에서 속절없이 회전했다.

그의 머리가 땅을 향했을 때 이혁의 발등이 그의 머리를 무서운 기세로 걷어찼다.

쾅!

벼락 치는 듯한 소리와 함께 노웅천의 머리가 수류탄처럼 폭발했다.

약물은 노웅천의 몸을 강철처럼 강화시켰지만 이혁의 발에 담긴 암왕경의 경력을 이겨낼 정도로 단단하지는 못했다.

이혁과 노웅천의 공방은 눈을 한번 깜박거리기도 전에 끝이 났다. 먼저 움직인 것은 노웅천이었지만 다른 자들도 그냥 서 있지는 않았다.

노웅천에게 간발의 차이로 뒤졌을 뿐 다른 자들도 이혁을 향해 달려들었다.

그런데 그들이 이혁과 1미터 떨어진 곳에 도달했을 때 노웅천의 몸뚱이는 머리가 사라진 시신이 되어 땅에 떨어지고 있었다.

혈우대원들의 속도는 보통 사람의 눈으로 확인하기 어려울 정도로 빨랐다. 하지만 그런 그들도 이혁보다 빠르지는 못했다.

이혁의 움직임을 제대로 알아보는 자는 그들 중 단 한 명, 장완기에 불과했다. 그것도 사신암행과 암향무영을 펼치지 않았기에 가능한 것이었다.

속도의 차이가 이렇게 크게 나면 사실상 저항이 불가능하다는 건 무가(武家)의 상식이다. 게다가 속도만 차원이 다른 게 아니라 파괴력 또한 그 만큼의 차이가 났다.

장완기는 손에 쥔 권총을 힐끗 보며 이를 악물었다.

살아 있는 것들에게 죽음의 공포를 주는 이 무기가 이혁에게는 무용지물이나 다름없다는 게 그를 무력감에 빠뜨렸다.

이미 총으로 잡을 수 없는 적이라는 것이 증명되었다.

총이 유효했다면 거리를 벌리는 게 유리했을 것이다, 포지션만 잘 잡으면 치명타를 가할 수 있을 테니까.

그렇지만 지금, 그에게 거리를 주는 건 어리석은 선택이었다. 그는 총탄이 화망을 구성할 정도로 쏟아지는 와중에서도 운신의 폭을 얼마나 넓게 쓸 수 있는지 몸으로 증명한 자였다.

결국 혈우대가 선택할 수 있는 건 극히 제한될 수밖에 없었다.

근접전.

그것도 움직일 수 있는 공간을 극단적으로 제한하는 초근접전.

투툭.

장완기의 부릅뜬 눈꼬리가 찢어지며 핏물이 흘렀다.

그의 눈앞에서 연혼철신단(錬魂鐵身丹)으로 신체를 강화시킨 부하들이 하나둘씩 시신이 되어 무너지고 있었다.

앙천의 연구소에서 만든 이 신비로운 약물은 복용자의 신체 능력을 최소 네 배에서 열 배까지 증폭시켜 주는 공능을 갖고 있었다.

평소 능력으로도 보통 사람 수십 명을 혼자 처리할 수 있는 혈우대원들이 그것을 복용했다.

그럼에도 그들은 이혁의 몸에 손끝 하나 대지 못한 채 무기력하게 죽어가고 있었다.

이혁의 몸은 유령 같았다.

몇 개인지 셀 수도 없는 그림자가 겹친 것처럼 공간과 구별이 잘되지 않았다. 게다가 끊임없이 미세하게 흔들려서 마치 바람에 휩쓸린 아침 호숫가의 물안개처럼 보이기도 했다.

형체가 있는 듯도 했고, 없는 듯도 했다.

수를 셀 수 없는 총알과 수십 개의 무기가 몸을 관통하는 듯했지만 타격을 받은 징후는 전혀 보이지 않았다.

공격하는 사람도, 보는 사람도 절망에 빠질 수밖에 없는 모습이었다.

쐐애액!

슬쩍 들어 올린 왼쪽 종아리에 적의 발끝이 창처럼 찍혔다. 다리뼈가 부러지는 게 당연해 보일 일격이었다. 그러나 그런 일은 일어나지 않았다.

이혁은 장난처럼 다리를 조금 더 들어 올렸다. 적의 발끝이 무릎 뒤의 오금 밑으로 빠져나갔다. 동시에 그의 왼 팔꿈치가 발길질을 한 자의 목젖에 환상처럼 틀어박혔다.

콰직!

그의 팔꿈치는 적의 목젖을 부수고도 계속 밀려들어가 결국 적의 머리와 몸을 분리시켰다.

화악!

그의 왼편 허공이 피분수로 붉게 물들었다.

왼쪽에 있는 자가 먼저 당하긴 했지만 공격은 그만한 것이 아니었다. 왼쪽의 공격과 함께 앞뒤와 오른쪽 그리고 허공에서도 이혁을 향한 파상적인 공격이 이루어졌다.

손도끼가 머리 위로 떨어졌고, 두 자루의 단검이 가슴과 등을 꿰뚫으려 했으며, 륜을 절반으로 쪼갠 듯한 반월형의 톱니 무기가 그의 왼쪽 옆구리를 쓸어왔다.

단지 그들 중 가장 먼저 당한 것뿐이었다.

이혁의 발이 오른쪽에서 공격하는 자의 무릎을 슬쩍 누르며 몸이 반회전했다.

우직!

단숨에 무릎이 니은 자로 부러진 자의 몸이 아래로 주저앉으며 균형을 잃고 앞으로 기울어졌다.

이혁의 오른손 수도가 그의 왼쪽 목을 후려 패듯 내리찍은 것도 동시에 이루어졌다.

콰드득!

이혁의 손끝에서 반투명한 홍광이 번뜩였다.

환상혈조는 적의 목과 어깨가 만나는 지점을 두부처럼 파고들어 가슴까지 베었다.

어깨와 가슴 사이에 있는 근육과 뼈, 장기가 아무런 저항감도 없이 깨끗하게 잘려 나갔다.

적의 멍한 듯 치켜뜬 눈에서 빛이 꺼지듯 사라졌다.

환상혈조를 빼며 이혁의 몸이 왼편으로 미끄러지듯 반

보 물러났다. 그것만으로 그는 자신의 팔꿈치에 의해 목이 부서진 자가 무너지는 자리에 있을 수 있었다.

그리고 그가 있던 허공을 앞뒤로 사이좋게 단검이 꿰뚫었다.

반보 물러났던 이혁이 퉁기듯 상체를 앞으로 이동하며 가지런히 모은 두 손을 앞으로 쭉 밀었다.

푸우욱!

환상혈조의 끝이 단검을 든 자들의 목을 갈랐다.

쏴와아앙!

그제야 허공에서 손도끼가 이혁의 정수리를 향해 떨어져 내렸다.

위를 보며 몸을 왼쪽으로 반보 이동한 이혁의 손끝을 따라 이름 그대로 환상처럼 보이는 붉은 빛이 물결치듯 일렁였다.

도끼를 든 자는 손이 허전해짐을 느꼈다.

아래를 내려다본 그의 얼굴이 멍해졌다.

일체형 특수 합금으로 만들어진 도끼의 헤드 부분과 핸들이 분리되고 있었다. 그것이 그가 이 세상에서 본 마지막 장면이었다.

이혁의 손이 도끼의 손잡이를 잡고 있는 적의 팔목을

휘감더니 아래로 잡아당겼다.

떨어지는 속도가 더 빨라진 적의 몸이 허공에 커다란 원을 그리며 아래위가 뒤집혔다.

쑤왁!

머리를 아래로 한 적의 몸이 지면과 무시무시한 속도로 충돌했다.

쾅!

우드득!

지면과 부딪친 몸이 상체 절반까지 으스러졌다.

단숨에 핏물이 지면에 좌악 깔렸다.

압축 프레스에 눌린 폐차가 연상될 정도의 광경이었다.

설명이 길었을 뿐 다섯 명이 당하는 데 걸린 시간은 눈 한 번 깜박일 시간도 걸리지 않았다.

최후에 공격했던 자들은 공격과 함께 수류탄을 폭발시키고자 했지만 그들 중 죽기 전에 안전핀을 뽑는데 성공한 자는 한 명도 없었다.

양측의 속도는 그 정도로 빨랐다.

다섯 명은 장완기를 제외하고 살아남았던 마지막 인원이었다. 이제 장내에 서 있는 사람은 이혁과 장완기, 둘뿐이었다.

장완기의 입가에 허탈한 미소가 번졌다.

평생 수백 번에 이르는 싸움을 해온 그였다. 그러나 오늘과 같은 경우는 한 번도 겪어본 적이 없었다.

이렇게 짧은 시간 동안 이렇게 일방적으로 학살당하는 싸움이라니.

'서양 놈들이나 조직이나, 이놈에 대한 정보는 모두 잘못되어 있다. 이런 전투력이라면 원로원에서 나서야 할 정도가 아닌가……. 그래도 다행이다. 이 전투로 인해 조직은 이놈을 재평가하게 될 테니까. 그럼 됐다. 나와 부하들의 복수는 조직에서 해줄 것이다.'

분노와 살기로 들끓던 그의 마음이 홀가분해졌다.

불을 뿜는 듯했던 눈빛도 담담해졌다.

생에 대한 집착이 사라진 눈이었다.

묵묵히 장완기의 변화를 지켜보던 이혁이 가지런한 이를 드러내며 싱긋 웃었다. 그리고 입을 열었다.

"세상에 대한 하직 인사는 다 끝났나?"

장완기도 이혁을 마주 보며 웃었다.

"대충은……. 조금 구차스럽기도 하다만 한마디만 해주지. 앙천은 적과 공존하지 않는다. 언젠가 너는 죽는다, 우리의 손에."

이혁은 어깨를 으쓱했다.

"꿈꾸는 건 자유지. 개꿈을 꾸겠다는데 굳이 말릴 필요 있을까."

장완기는 풀썩 웃었다.

"훗, 아직 세상 넓은 줄 모르는 자로군. 네가 우물 안 개구리였음을 알게 되는 데 그리 오래 걸리지 않을 거라는 말을 해주고 싶군."

이혁이 고개를 끄덕였다.

"그런 말로 위안이 된다면 얼마든지… 하게 해주고 싶지만 우리는 친구가 아니잖아? 계속 듣고 있으려니까 졸린다. 이제 끝을 보는 게 어떨까?"

담담하던 장완기의 눈에 사그라지는 듯했던 투기가 되살아났다.

그는 앙천의 간부들에게만 전수되는 마라혈양공을 운기하고 있었다.

뜨거운 기운이 온몸을 덥혔다. 거기에 연혼철신단의 약력이 더해지자 그의 몸에서 흘러나오는 기운이 더욱 강력해졌다.

이혁의 미간이 좁아지며 눈이 가늘어졌다.

중년 남자에게서 흘러나오는 기운 때문에 살갗이 따가

웠다. 수백 개의 송곳이 온몸을 쿡쿡 찌를 때 이런 느낌일까 싶었다.

이혁은 죽은 자들의 몸을 변화시켰던 무언가를 눈앞의 중년 남자도 복용했다는 걸 알 수 있었다. 별로 반갑지 않은 일이었다.

그는 아주 쉽게 혈우대를 학살하는 것처럼 보였다. 그러나 그건 반만 진실이었다.

연혼철신단을 복용하지 않은 자들은 분명 그에게 일방적으로 학살당했지만 마지막 열 명의 혈우대원과 싸울 때 그는 8할에 가까운 전투력을 동원해야 했다. 외양은 같았지만 내용은 달랐던 것이다.

열 명의 적은 무쇠처럼 단단한 몸을 갖고 있었고, 바람처럼 빨랐으며, 공격력은 포탄과도 같았다. 아무리 그라 해도 방심하면 한순간에 훅 갈 수도 있는 공격들이었다.

'희한한 걸 먹지 않았더라도 앞에 쓰러뜨린 놈들과는 차원이 다른 강자다. 그것도 초상 능력이 아니라 무예로 쌓은 강함……. 재미있군.'

그런 강함에 약물이 더해졌다.

이혁의 뇌리에 늙어가는 백인의 모습이 떠올랐다.

'제이슨이 아주 좋아하겠어.'

그는 상념에서 빠져나왔다.

눈앞의 중년 남자, 장완기가 공격을 시작하고 있었다.

이혁의 눈이 차갑게 번뜩였다.

그는 싸움을 오래 끌 생각이 없었다.

아마 저 중년 남자도 마찬가지일 터였다.

일격필살.

두 사람이 가진 살상 능력을 생각하면 어차피 길게 갈 수도 없는 싸움이었다.

스읏!

허깨비처럼 장완기의 몸이 꺼지듯 사라지는가 싶더니 이혁의 코앞에서 불쑥 나타났다.

권총의 총구가 이혁의 이마에서 불과 20센티미터도 떨어지지 않은 곳에 있었다.

탕!

이혁의 이마가 있던 공간을 총알이 관통했다.

고개를 슬쩍 기울여 간발의 차로 그것을 피한 이혁의 오른쪽 관자놀이에 붉은 선이 생겨났다. 스쳐 지나간 총알의 마찰열이 만들어낸 흔적이었다.

장완기는 이혁이 권총을 순순히 맞아줄 거라 꿈도 꾸

지 않았다. 당연히 회피에 대한 대응이 준비되어 있었다.

쑤와아아악—

총알을 피한 이혁이 머리를 바로 세우기도 전에 시퍼렇게 빛나는 칼날이 아래에서 위쪽으로 그의 상체를 베어 올라갔다.

땅에서 번개가 솟아나는 것 같은 착각이 들만큼 빠르고 강력한 일격이었다.

탕탕!

연이어 이혁의 기울어지는 머리를 따라가며 권총의 총구가 불을 뿜었다.

둘 사이의 거리는 1미터도 되지 않았다.

피하고 어쩌고 할 거리도, 틈도 없어 보이는 공간이었다. 하지만 그것은 보통 사람에게나 통용되는 상식이었다.

이혁도 장완기도 보통 사람이 아니었기에 둘은 상식을 전혀 고려하지 않았다.

이혁은 발끝으로 땅을 밀었다.

그의 몸이 고개가 기울어지는 방향으로 구렁이가 담을 넘어가는 것처럼 꿈틀거리며 반회전했다.

총알의 옆머리를 연속적으로 스쳐 지나갔고, 칼날은

그의 옆구리를 타고 다리 쪽으로 흘렀다.

양손에서도 아무런 타격감이 오지 않는 것을 알아차린 장완기가 손목을 비틀었다.

잡은 총의 기울기가 가팔라졌고, 칼의 궤적이 관성을 무시하며 반대 방향으로 꺾였다.

만약 보는 이가 있었다면 입을 쩍 벌리며 감탄할 정도로 그의 응변은 빠르고 강력했다. 그러나 이혁은 그보다 더 빠르고 더 강했다.

하늘을 보며 칼날을 타고 넘어가던 이혁이 두 무릎을 당겼다. 왼발의 무릎의 끝에 장완기의 총을 든 팔의 팔꿈치가 걸렸다.

장완기의 팔과 이혁의 무릎은 동일한 방향으로 움직이고 있어서 상식적으로는 둘이 충돌해도 팔이 더 빨리 밀려나는 정도에서 충격이 그쳤어야 했다. 그러나 결과는 상식을 넘어섰다.

우두둑!

장완기의 팔꿈치가 반대 방향으로 부러지며 덜렁거렸다.

동시에 공중에서 몸을 회전시킨 이혁의 다른 발 무릎이 장완기의 왼쪽 관자놀이를 강타했다.

쾅!

장완기의 코 위 머리가 폭발하듯 부서지며 사방으로 뇌수와 골편이 날아갔다. 동시에 이혁은 오른손으로 장완기의 칼을 든 오른쪽 어깨를 잡아 뜯었다.

콰작!

그의 회전이 끝났을 때 그는 뜯겨 나간 장완기의 오른 팔을 들고 우뚝 서 있었다. 그리고 한 팔과 머리 반쪽을 잃은 장완기는 피를 철철 흘리며 뒤로 쓰러졌다.

툭!

이혁은 팔을 내던지며 오른쪽 무릎을 내려다보았다.

그의 오른 다리는 흐물거리고 있었다.

무릎이 부러진 탓이었다.

'무서운 반탄지력… 무공이었을까, 약의 힘이었을까. 5년 전 대전에서 만났던 그 괴물들에게서 느꼈던 반탄지력과 비슷하면서도 조금 다른 느낌이었는데. 어쨌거나…….'

이혁은 쓰게 웃었다.

그는 시신들을 돌아보며 스마트폰을 꺼냈다.

제6장

연락을 받은 제이슨은 기다리고 있었다는 듯이 한달음에 현장으로 달려왔다. 물론, 혼자는 아니었다.

그는 십여 명의 검은 양복을 입은 남자들과 함께였다.

현장에 도착한 제이슨은 입을 헤, 벌리며 눈을 껌벅거렸다.

“휘이이익— 엄청나군그래.”

현장은 전쟁터였다.

살아 있는 사람은 단 한 명뿐인데 반해, 시신은 엄청나게 많았다.

얼핏 보아도 그 수는 오십을 넘는 듯했고, 하나같이

폭탄에라도 맞은 것처럼 신체가 부서져 있었다.

어둠 속에서 피가 내처럼 흐르고 역겨운 비린내가 진동했다.

산전수전 다 겪은 제이슨도 잠시 속이 울렁거릴 정도로 현장은 참혹했다.

그는 자신과 함께 온 사람들에게 손짓했다.

지시를 받은 사내들은 현장을 청소하기 시작했다.

부서진 시신들은 들것에 실려 나갔고, 웅덩이를 이룬 피와 파편처럼 흩어진 살점들은 흔적도 없이 치워졌다.

자로 잰 듯 숙련된 움직임이었다. 게다가 감탄할 만큼 속도도 빨랐다.

이혁은 말없이 그들이 하는 것을 지켜보았다. 몇 년 동안 사내들이 그가 벌인 일의 뒤처리를 하는 광경을 한두 번 본 게 아니어서 새삼스러울 건 없었다.

제이슨이 이혁을 보며 물었다.

"앙천인가?"

이혁의 설명은 없었지만 예상은 어렵지 않았다.

죽은 자들은 동양인이었다. 이혁을 노리는 동양인 조직 중 현재 이만한 전력을 투입한 곳은 앙천밖에 없었다.

이혁은 고개를 끄덕이며 손으로 십여 구의 시체를 차

례대로 가리키며 말했다.

"독수리의 발톱에 보내는 게 좋을 겁니다. 저들을 조사하면 마스터가 마음에 들어 할 만한 자료가 나올 겁니다."

제이슨의 눈이 번뜩였다.

"그냥 시체가 아니라는 말이로군."

"약을 복용하더군요. 즉각적으로 신체 능력이 몇 배는 증폭되는 걸 봤습니다. 부작용도 있는 것 같긴 했지만 그건 알아서 조사하시고."

"고맙네."

제이슨의 말에는 진심이 담겨 있었다.

저들은 마스터가 분명 좋아할 결과물이었다. 그리고 마스터는 받은 만큼 주는 사람이었다, 제이슨은 그런 걸 거절하는 사람이 아니었고.

이혁은 담담하게 웃으며 말했다.

"흔적을 치워주는 대가잖습니까. 서로 좋은 일인데 고마워할 필요는 없습니다."

이 말도 진심이었다.

한국에서 이 정도 규모의 전쟁을 완벽하게 수습할 수 있는 조직은 극소수에 불과했다, 양지에 있는 자들이든

음지에 있는 자들이든.

제이슨은 그 몇 안 되는 조직 중 하나를 이끌고 있었다.

그의 도움은 분명 이혁에게 적지 않은 힘이 되었다.

물론, 이혁이 오늘 벌인 일의 이면에는 다른 뜻도 숨어 있었다. 그러나 그것까지 제이슨에게 말해줄 필요는 없었다.

'저 시신들을 보면 지켜보는 자들도 생각이 많아질 거야. 마스터도 마찬가지겠지. 당신도 어서 밖으로 나와. 언제까지 뒤에서 다른 힘들을 견제만 할 건데? 서로 눈치만 살피는 이런 상황은 바람직하지 않아. 누가 죽나 붙어봐야 할 거 아닌가. 후후후.'

그는 속으로 웃고 있었다.

자신을 의도적으로 노출시켜 적을 끌어들이고, 미끼를 물고 따라온 적을 궤멸시키고.

어리석게까지 보이는 이 일련의 행동들은 그를 지켜보는 조직들의 속을 뒤집어놓을 터였다. 생각도 많아질 수밖에 없을 것이고.

노골적인 비웃음이었으니까.

잠깐 사이에 현장 정리는 마무리 단계로 접어들고 있

었다.

부하들을 둘러보던 제이슨이 말했다.

“레나 일행이 대전에 와 있네. 그들을 빨리 만나보는 게 좋지 않을까 싶네만.”

이혁은 고개를 끄덕였다.

“아침에 가겠습니다. 그들에게 전해주십시오.”

제이슨은 환하게 웃었다.

“알겠네.”

그의 음성에서 안도의 기색이 느껴졌다.

오직 이혁만이 레나의 마수에서 그를 구원(?)할 수 있었다.

*　　　　*　　　　*

장완기가 이끄는 앙천의 혈우대가 대전 외곽에서 궤멸당했다는 정보는 그날 밤이 가기 전 많은 조직에게 전해졌다.

창밖은 아직 어스름한 여명으로 덮여 있었다.

해가 뜨려면 30분은 더 있어야 했다. 그러나 거대한

저택의 집무실은 평소와 다르게 벌써 불이 켜져 있었다.

집무실 안의 분위기는 밝지 않았다.

짧은 보고를 마친 문지석은 납덩이처럼 딱딱하게 굳은 얼굴로 박대섭을 바라보았다.

커피 잔을 입에서 떼며 문지석과 눈을 맞추는 박대섭의 표정은 평소와 다를 바 없어 보였다.

그러나 눈빛은 차갑고 깊게 가라앉아 있어서 고개를 숙이는 문지석의 등에 식은땀이 흘렀다.

문지석에게서 눈을 떼고 손에 든 사진을 힐끗 일별한 박대섭이 카랑카랑한 목소리로 물었다.

"정보의 근원지가 어디인 것 같나?"

사진 속의 광경은 끔찍했다.

홍건한 피와 찢어진 시신들이 사방에 널려 있었다.

문지석이 대답했다.

"이혁 측일 것입니다. 우리가 받은 현장 사진은 싸움이 끝난 직후의 모습이었습니다. 그것을 확보할 수 있는 건 그자뿐입니다."

"전부 죽은 것이냐?"

"예, 회장님."

"장완기도?"

“그렇게 생각됩니다. 돌아온 자는 물론이고 연락이 닿는 자가 한 명도 없습니다.”

“시신은?”

“발견되지 않았습니다. 현장을 돌아본 전문가들조차 아무런 흔적을 발견하지 못했습니다. 클리닝 전문가들이 투입된 것 같습니다.”

박대섭은 눈살을 찌푸렸다.

“혼자 가능한 일은 아니겠지?”

“예, 혈우대의 총원은 오십 명에 달했습니다. 혼자 뒷수습까지 하는 건 불가능합니다.”

“역시 미국인가?”

“그렇게밖에 생각되지 않습니다. CIA의 클리닝 팀이 같이 움직이는 것 같습니다.”

“그쪽에서 들어오는 정보는?”

문지석은 어두운 얼굴로 고개를 숙였다.

“죄송합니다. 최고위직에 있는 우리 측 정보원조차 접근을 못하고 있습니다.”

“그들은 우리들에게서 원하는 정보를 모두 얻고 있는데 우리는 그들에게 접근조차 못한다……. 욕 나오는 상황이구만.”

"정상적인 루트로는 불가능합니다. 이혁이라는 놈과 관련된 조직은 그쪽 수뇌부 차원에서 정보를 관리하고 있는 것으로 판단됩니다, 회장님."

박대섭은 입을 다문 채 생각에 잠겼다.

눈가에 짜증이 묻어났다.

그럴 수밖에 없는 상황이었다.

이 땅에서 무소불위의 힘을 가지고 있다고 자타가 공인하는 그의 정보망이 제 역할을 하지 못하고 있는 것이다.

그가 고개를 들어 문지석을 보며 물었다.

"그자들, 혈우대의 궤멸 사진을 우리에게 보낸 건 도발이겠지?"

"예, 회장님. 그들의 뜻은 명백합니다. 이 정도 전투력으로는 원하는 걸 얻지 못할 거라는 경고와 비웃음이 함께 포함되어 있다고 생각됩니다."

박대섭은 혀를 찼다.

"쯧쯧, 도발이라는 걸 알면서도 움직일 수밖에 없게 되었군."

그가 말을 이었다.

"앙천에는?"

“공식 통로를 통해 소식을 전했습니다. 곧 반응이 있을 것입니다.”

“후지와라 측에서는 뭐라고 하던가?”

“정보를 보낸 직후, 바로 반응이 있었습니다. 그들은 우리가 앙천을 돕되 적당한 거리를 유지하는 것이 좋을 것 같다는 조언을 해왔습니다. 다른 조직이 나서고 있는데 굳이 끼어들 필요가 있겠느냐는 판단인 듯싶습니다. 저도 그 생각에 동의하고 있습니다. 나중에 어부지리를 노려도 좋을 것이고요.”

박대섭은 고개를 끄덕였다.

“앙천이 무스펠하임과 협력 관계를 맺고 유럽으로 진출하려다가 이혁에게 사이좋게 당했다고 했었지?”

“예, 후지와라 측이 준 정보대로라면 그렇습니다.”

“그럼 앙천 혼자 계속 움직이지는 않겠구만.”

혼잣말처럼 중얼거린 박대섭의 눈이 스산하게 빛났다.

국내 정보는 누가 뭐래도 그가 이끄는 태양회를 넘어설 수 있는 조직이 없었다. 그러나 해외 정보는 상대적으로 약했다.

정부와 기업 정보력의 도움을 받고 있었지만 세상의 이면을 들여다볼 정도는 되지 못했다.

그 부족한 해외 정보를 메꾸어주고 있는 것이 일본계의 거대 가문 후지와라가 이끄는 타이요우였다.

태양회는 타이요우가 필요로 하는 국내 정보를 주고, 타이요우는 해외 정보를 태양회에 공급했다.

그들의 공생 관계는 반세기 넘게 지속되어 오고 있었다.

그가 문지석에게 말했다.

"앙천이 이혁과 관련된 정보를 원하면 한도 내에서 최대한 제공하도록. 그자의 전투력 그리고 그자가 갖고 있는 관계망에 대한 정보 데이터를 축적할 수 있는 기회가 될 테니까."

"알겠습니다."

"우리에게 관심을 돌리기 곤란하게 만드는 작업도 병행하고. 공개적으로 움직이기 힘들게 만들면 될 게야. 공권력을 동원하면 그리 어렵지 않겠지, 이 나라는 좁으니까."

말뜻을 알아들은 문지석이 조금 편안해진 얼굴로 대답했다.

"조치하겠습니다, 회장님."

문지석이 나간 후 박대섭은 자리에서 일어났다.

책상 뒤로 걸어간 그는 벽면의 한 지점을 눌렀다. 벽의 중앙에 선이 생겨났다.

그리고 절반으로 갈라지며 양옆으로 미끄러지듯 밀려났다. 그 자리에 폭이 1.5미터가량 되는 문이 나타났다.

박대섭은 문 앞에 섰다.

손도 대지 않았는데 중앙이 갈라지며 안이 드러났다.

소형 엘리베이터였다.

박대섭이 타자 문이 닫혔고, 하강했다. 엘리베이터는 20초가 넘게 하강하고서야 멈췄다. 상당한 깊이의 지하임을 알 수 있었다.

엘리베이터에서 내린 박대섭을 맞이한 사람은 표정 없는 오십대 사내였다. 그는 흰 가운을 입고 있었다.

그가 허리를 숙이며 말했다.

"기다리고 계십니다."

박대섭은 고개를 끄덕이고는 가운을 입은 남자의 안내를 받으며 걸음을 옮겼다.

양쪽 벽에 그로테스크한 그림이 죽 걸려 있는 복도가 나타났다. 환하지도 어둡지도 않은 조명과 보라색 양탄자가 깔려 있는 길이 끝도 없이 이어져 있었다.

5분 넘게 구절양장으로 이어져 있는 복도를 걷자 십장

생이 음각되어 있는 문이 나타났다.

문이 열렸다.

희미한 어둠에 잠긴, 언제나와 같은 풍경이 박대섭을 반겼다.

고풍스럽고 괴기한 분위기로 가득 찬 공간.

중앙에 놓인 제단 위를 차지하고 있는 투명한 캡슐.

캡슐의 삼분의 이를 채우고 있는 푸르스름한 젤리 타입의 액체.

그 안에 누워 있는, 깡마른 모습의 남자.

그 남자의 모습은 최근 들어 계속해서 바뀌어왔다. 변화는 느렸지만 의심의 여지가 없었다.

뼈와 거죽만 남았던 몸이 시간이 갈수록 사람과 흡사해지고 있는 것이다.

한 걸음 앞으로 내딛자 어둠이 서서히 물러가며 공간이 밝아졌다.

어디서 흘러나오는 것인지 알 수 없는, 공간을 밝히는 빛은 붉었다. 넓은 공간 전체가 피 안개에 잠긴 것 같은 착각을 불러 일으켰다.

박대섭은 피 안개를 뚫고 앞으로 나아갔다.

캡슐 앞에 도착한 박대섭이 무릎을 꿇고 머리를 숙

였다.

"왔느냐."

어디선가 고저가 없는 목소리가 났다. 공간 전체를 꽉 채우는 듯한 장중한 음성이었다. 그것에는 감정이 담겨 있지 않았다.

칠십 년이 넘는 세월을 들은 목소리였다. 그런데도 박대섭은 목소리를 듣는 순간 심장이 내려앉는 듯한 두려움을 느꼈다.

"예, 아버님."

박대섭은 문지석이 가져온 정보와 그와 나누었던 대화를 가감 없이 전했다.

보고가 끝난 후에도 캡슐 속에서는 몇 분 동안 말이 없었다.

"흐흐흐, 재미있는 놈이 돌아왔구나."

너무 낮고 차가워서 음산하기까지 한 그의 목소리가 계속해서 박대섭의 귀를 파고들었다.

"그 아이에게서 눈을 떼지 않도록 하거라. 5년 전 놓쳤던 기회가 되돌아온 셈이지 않느냐. 퍼즐의 빈 칸을 채울 수 있는 아이다."

박대섭은 고개를 들었다.

음성은 더 이상 들리지 않았다.

공간을 채웠던 피 안개도 조용히 사그라졌다.

박대섭은 자리에서 일어났다.

대화는 끝났다.

해야 할 일도 정해졌다.

그는 등을 돌렸다.

*　　　*　　　*

"혁아, 일어나. 아침 먹어야지."

침대에 죽은 듯이 누워 있던 이혁이 인상을 쓰며 눈을 떴다. 아직 잠이 덜 깨서 느릿하게 껌벅거리는 눈앞에 시은의 맑고 커다란 눈동자가 보였다.

눈동자는… 바로 코앞에 있었다.

눈동자가 코앞이면 입술은 거의 맞닿을 정도가 된다.

"허걱! 뭐야!"

쿵!

이혁은 버둥거리며 뒤로 물러나려다가 침대의 헤드보드에 머리를 세게 부딪쳤다.

"크크크."

시은이 상체를 뒤로 물리며 소리 죽여 웃었다.

이혁은 헤드보드에 등을 기대고 앉은 자세로 시은을 보며 인상을 잔뜩 썼다. 늘 그렇듯이 그는 반바지만 입고 잠을 자서 강철로 빚은 듯한 상체가 다 드러나 있었다.

그가 투덜거렸다.

"어째 이것도 전혀 변한 게 없네."

시은은 무릎을 꿇고 침대 위에 털썩 주저앉은 자세로 이혁의 눈길을 아무렇지도 않게 받아냈다.

그녀는 두 손으로 침대를 짚고 엎드린 자세로 이혁의 코앞까지 다시 얼굴을 가져다 대며 물었다.

오래전과 달리 오늘은 달라붙지 않는 헐렁한 흰색 박스 티와 무릎을 덮는 플레어스커트 차림이라 몸매가 다 드러난 것이 아니었지만 그녀의 무시무시한 매력은 전혀 감소되지 않았다.

눈처럼 흰 피부, 그린 듯한 이목구비, 편안한 옷차림으로 다 가려지지 않는 환상적인 라인의 몸매.

기적처럼 아름다운 외모의 소유자라는 찬사를 받던 여인이 이혁의 앞에서 철퍼덕(?) 주저앉은 자세로 환하게 웃고 있었다.

"그래서, 싫어?"

이혁은 더 이상 물러날 데가 없는데도 머리를 뒤로 젖히며 입을 열었다.

"싫다기보다… 그게 그러니까……."

시은은 대답을 제대로 하지 못하며 어물어물거리는 이혁의 이마에 자신의 이마를 살짝 박았다.

콩!

그녀는 일어나 침대에서 내려왔다. 그리고 환하게 웃으며 말했다.

"일어나, 국 식어."

이혁은 고개를 아래위로 주억거렸다.

시은이 방을 나가자 이혁은 대충 옷을 챙겨 입고 침대 모서리에 걸터앉았다. 반쯤 열린 커튼을 비집고 쏟아져 들어온 햇살이 방 안을 밝히고 있었다.

이혁은 헝클어진 머리카락을 손가락으로 빗질하며 시은이 닫고 나간 방문에 눈길을 주었다.

그의 입가에 해석하기 어려운 미소가 떠올랐다.

쓸쓸한 듯하면서도 묘하게 행복하게 보이는 미소.

이 세상에서 이혁을 완전하게 무장해제시킬 수 있는 유일한 사람이 시은이다.

실제로 시은이 침대 위에 올라와 자신을 깨울 때까지

기척을 알아차리지 못했다.

그의 능력을 생각하면 발생 가능성이 무한하게 제로에 수렴되는, 불가능한 일이었다. 그러나 시은에게는 그것이 가능했다.

이건 하루 이틀 일이 아니었다.

예전에도 마찬가지였다.

이혁은 그 이유를 명확하게 알고 있었다.

그가 이렇게 시은에게 무방비 상태가 되는 이유.

그건 절대적으로 신뢰하기 때문이었다.

한 점의 의심이나 경계심이 없는 무한한 신뢰, 시은에 대한 그의 마음은 그렇게 표현할 수 있었다. 그래서 오늘 아침과 같은 상황이 벌어질 수 있는 것이다.

이혁의 눈이 깊게 가라앉았다.

'누나는… 지킨다.'

그는 한국을 떠난 후 새로운 사람들을 만나고 많은 관계를 맺었다.

대부분은 비즈니스로 맺어졌지만 그들 중에는 그를 목숨처럼 사랑하고 아끼는 사람들도 여럿 포함되어 있었다.

그도 그들을 아끼고 소중하게 생각했다.

언제 어떤 상황에서도 뒤를 맡길 수 있는 사람들이었

다. 하지만 그의 마음속에는 그들이 채워주지 못했던 부분이 있었다.

그들과 나눌 수 없었던 운명의 무게, 삶의 심연.

이혁은 시은을 다시 만난 후 마음이 가벼워짐을 느꼈다, 그녀와 함께했던 그 시절처럼.

시은은 기꺼이 그가 짊어진 삶, 운명의 무게를 나눠질 여인이었다.

그것은 그도 알고 시은도 알고 있었다.

'정신과 육체가 아무리 강해도 그것만으로 사람이 완전해지는 건 아니야.'

그의 입가에 씁쓸한 미소가 떠올랐다. 하지만 그 미소는 이내 사라졌다. 아직은 감상을 허락할 상황이 아니었다.

그는 강했지만 적들도 강했다. 게다가 적의 수도 하나 둘이 아니었다. 아직 온전히 정체를 드러내지 않은 놈들도 여럿이었다.

그가 가슴속에 품고 있는 일을 하면서 시은을 끝까지 지키기 위해서는 신중해야 했고 긴장을 풀어서도 안 되었다. 한순간의 방심은 언제든 최악의 결과로 이어질 수 있다.

생각을 정리한 그는 자리에서 일어났다.

지금 머물고 있는 지족동의 안가는 편정호가 오래전부터 이혁을 위해 마련해 놓은 것이었다.

저택은 두 사람이 머물기에는 과하다 싶을 정도로 넓고 깨끗했다. 그리고 일상생활을 하기에 전혀 불편하지 않도록 모든 준비가 되어 있었다.

이곳의 위치는 조직 내에서 편정호 외에 아무도 알지 못했다.

이곳을 마련한 시기도 수년 전이었다. 그는 이혁을 한시도 잊은 적이 없었고, 그가 돌아올 것이라는 믿음도 버리지 않았다.

이혁은 지명수배 된 상태에서 한국을 떠났다. 그리고 5년 동안 수배령은 해제되지 않았다. 돌아왔을 때 은밀하게 머물 곳이 필요하리라는 것은 바보라도 생각할 수 있는 일이었다.

게다가 이혁이 구체적으로 말해준 적은 없지만 그는 이혁과 시은이 상대하는 자들이 어떤 힘을 갖고 있는지 대강이나마 알고 있었다. 정말로 위험한 자들이 적이었다. 그래서 두 사람이 안전하게 머물 수 있는 은신처는 필수였다.

그가 보안을 유지한 건 부하들을 위한 조치이기도 했다. 이혁의 적은 그의 부하들이 상대할 수 있을 정도로 만만찮았다.

부하들이 이혁과 시은에 대해 알게 되는 건 그들의 수명을 극단적으로 줄이는 짓이었다. 그렇게 부하들을 사지로 몰아넣을 수 있는 정보는 모르는 게 좋았다.

어떤 경우에는, 아는 게 병이라는 속담은 진리였다.

식탁은 단출했다.

된장찌개가 가운데 놓여졌고, 김치를 비롯한 서너 개의 반찬이 다였다.

"누굴 머슴으로 아나……."

자리에 앉으며 밥공기를 본 이혁의 입에서 나온 첫마디였다.

하얀 사기로 된 그릇에는 자기 몸의 두 배가 넘는 밥이 작은 산처럼 쌓여 있었다.

같은 크기의 밥그릇에 절반도 차지 않은 밥을 숟가락으로 뜨며 시은이 빙그레 웃었다.

"앞으로 머슴보다 일을 더 많이 해야 하잖아. 험한 일을 엄청나게 할 게 분명한데 그 정도는 먹어줘야 하지 않겠어?"

이혁이 혀를 차며 숟가락을 들었다.

"쳇, 누나를 보면 노예 상인도 울고 가겠다."

"울기 전에 넋을 잃겠지."

"공주마마 나셨네."

김치 조각을 입에 넣으며 시은이 말을 받았다.

"오물오물… 원래… 오물… 공주였어."

"내가 말을 말아야지."

이혁은 숟가락으로 밥을 산더미처럼 떠서 입안에 퍼 넣었다.

"우적우적……."

이혁과는 반대로 시은은 젓가락으로 밥알 몇 개를 집어 올리고는 그것을 하나하나 눈으로 세면서 물었다.

"아침에 독수리의 발톱 소속 능력자들 만나러 간다고 했지?"

이혁은 고개를 끄덕였다.

"너희 팀은?"

이혁은 시은에게 그녀와 다시 만나기 전까지 겪었던 모든 일에 대해 조금도 숨기지 않고 말해주었다, 그녀도 마찬가지였고.

그들은 앞으로 모든 일을 함께해야 할 사람들이었다.

그것은 두 사람에게 당연히 필요한 절차였다.

이혁이 입 안의 음식을 삼키며 대답했다.

"사흘 안에 우리나라에 들어올 거야. 그들은 한국에 와본 적이 없어. 초상 능력을 가진 친구들도 아니고. 그래서 준비할 게 많아. 홈그라운드도 아닌데 맨몸으로 들어오면 적에게 그냥 썰릴 수밖에 없어. 태양회만 하더라도 어떤 괴물을 키우고 있을지 모르는 놈들이니까."

아무리 규모가 작은 작전이라도 철저한 사전 준비를 하는 시은이었기에 이혁의 말을 바로 이해할 수 있었다.

그녀가 물었다.

"그런데 키안과 테드라는 사람도 오는 거니?"

이혁은 고개를 저었다.

"키안은 이번에 함께 오려고 했는데 무스펠하임의 움직임에 변화가 생겨서 그들을 감시하고 있어. 테드는 몰라도 키안은 아주 특별한 일이 생기지 않는 한 우리나라에 오기 어려울 거야. 그의 능력이 아쉽긴 해도 그 편이 나을 수도 있어. 나와 함께 이 나라에 있어야만 협력이 되는 건 아니니까. 너무 쉽게 눈에 띄는 사람이라 오히려 방해가 될 수도 있고."

세계화가 급속하게 진행되었음에도 한국에서 서양인은

그리 흔하게 볼 수 있는 인종이 아니었다. 더구나 영국 귀족풍의 신사 스타일을 고수하는 키안과 같은 외국인은 두말할 필요도 없었다.

시은은 곰곰이 상상하는 표정이더니 곧 웃으며 말했다.

"그건 그렇겠네. 키안은 그렇다 치고 테드라는 사람은 왜 이 나라에 들어올지도 모른다고 생각하는 거야?"

이혁은 피식 웃었다.

"우연처럼 엮었지만 그는 나를 이용해서 무언가를 찾고 싶어 해."

"그게 무슨 소리야?"

"복잡해. 누나가 굳이 알아야 할 필요는 없어. 나중에 시간 나면 말해줄게."

"사람 궁금하게 하는 건 뭐 있다니까. 그런데 그가 네게 원하는 게 있다는 건 어떻게 안 거야?"

시은이 곱게 눈을 흘겼다. 하지만 불만이 있는 표정은 아니었다.

자신이 정말로 알고 있어야 한다고 생각한다면 그가 말했을 거라는 걸 알고 있었기 때문이다.

이혁이 뒷머리를 긁적이며 대답했다.

"이소영이 그에게 보낸 편지와 사진 속에는 결코 손 놓고 있을 수만은 없는 아주 중요한 내용이 들어 있었거든. 그는 내가 그것을 알아볼 수 있는지를 지켜보고 있을 거야. 내가 어떻게 움직일지도 무척 궁금해하고 있을 거고. 그러다가 참지 못하면 여기로 올 수도 있겠지."

"중요한 내용? 그게 뭐기에 테드가 우리나라에 올 수도 있다는 거야?"

시은은 고개를 갸우뚱했다.

이혁이 테드와 어떻게 만나게 되었는지도 상세히 얘기해 준 터라 그녀는 리마가 훔친 상자와 이소영의 편지에 대해서도 알고 있었다.

이혁이 미간을 슬쩍 찡그리며 대답했다.

"이소영은 자신이 쓴 편지가 중요하고 위험하다는 걸 알고 있었어. 함께 동봉되어 있던 서류에 적힌 뇌물을 받은 자들과 그 액수도 그렇고, 사진 속에 있는 자들은 한 자리에 모인 적이 없다고 세상에 알려진 놈들이었으니까. 결국, 그것 때문에 그녀는 추적당했고, 고문 후유증으로 미쳤지."

말을 잇는 그의 눈에 서늘한 빛이 떠올랐다 사라졌다.

"하지만 그녀는 사진에 찍힌 광경 속의 무언가가 인물

이나 뇌물 장부보다 더 중요하다는 건 몰랐던 것 같아. 만약 그것을 알고 있었다면 그녀는 테드를 한국으로 부를 수 있었을 테고 자신에게 닥쳤던 재앙을 피할 수도 있었을 거야. 하지만 상황은 그렇게 흘러가지 못했지."

이야기를 하는 와중에 식사가 끝났다.

시은은 식탁을 간단하게 치우고 커피를 내왔다.

이혁은 커피의 향을 음미하며 한 모금을 마셨다. 그리고 방에 들어가 두 장의 사진과 서류 뭉치, 그리고 마이크로 SD카드를 가지고 나와 시은에게 보여주었다.

리마가 훔친 상자 안에 들어 있던 물건들이었다.

그가 입을 열었다.

"불행하게도 그녀는 사진의 가치를 정확하게 알지 못했던 것임에 틀림없어. 아마도 할아버지와 아버지가 그녀에게 자신들이 아는 것을 모두 알려주지 못하고 죽었기 때문일 거야."

그의 뇌리에 당구대 위에 묶여 있던 이소영의 모습이 떠올랐다.

참혹한 처지였음에도 끝까지 정신을 유지하기 위해 사력을 다하던 모습.

5년도 더 전에 있던 사건이었지만 그에게는 어제 일처

럼 눈에 선했다.

“내가 정말 궁금한 건 사진 속의 인물들 중에 주변에 있는 물건의 가치를 알고 있는 자가 과연 누구였을까 하는 거야.”

시은은 이혁이 탁자 위에 올려놓은 사진을 내려다보았다.

그녀의 고운 눈매에 잔주름이 잡혔다.

두 장의 사진은 멀리 고풍스런 정자를 배경으로 하고, 큰 나무들이 아름드리 가지를 드리워 그늘을 만들고 있는 시냇가를 찍은 것이었다.

그곳에는 탁자에 둘러앉아 차를 마시며 담소를 나누고 있는 여섯 명의 노인이 있었다.

원거리에서 찍은 것이 분명한 사진은 세월이 흘렀음에도 굉장히 선명했다. 서편으로 노을이 지고 어둠이 밀려오고 있는 시각인데도 노인들이 앉아 있는 의자와 탁자, 마시고 있는 찻잔과 찻주전자까지 한눈에 들어왔다.

“하아, 사람들이 알면 음모론이 흘러넘칠 사진이네.”

시은은 못 볼 것을 본 사람처럼 탄식하며 중얼거렸다.

그녀의 말은 과장된 것이 아니었다.

사진 속의 인물들은 관계가 물과 기름처럼 섞이기 힘

들다고 알려져 있어서 이렇게 한자리에 모여 화기애애한 분위기에서 차를 마시는 장면은 상상조차 하기 힘들었다.

노인 중 두 명은 진보와 보수 정계의 막후 실력자라고 알려진 인물들이었다.

다른 네 명의 무게도 전혀 떨어지지 않았다.

시민사회와 재야에서 가장 강력한 조직력을 자랑하는 단체의 회장, 그는 차차기 이후의 대선을 논할 때면 후보로 빠지지 않는 거물이다.

그 옆의 노인은 이 나라에서 둘째가라면 서러워 할 재벌의 총수였고, 그의 맞은편에 앉은 노인은 이 나라 최대 판매 부수를 자랑하는 보수 언론의 이사장이었다.

그리고 좌석의 끝에 앉아 사람 좋은 미소를 짓고 있는 차분한 인상의 노인은 틈날 때마다 독도는 일본 땅이라고 주장해 한국에까지 잘 알려진 일본 정계의 대표적인 극우파 실력자였고.

진혼 내에서 정보를 관장했던 시은은 그들 모두를 한눈에 알아볼 수 있었다.

세상의 복잡한 이면에 어지간히 단련된 그녀에게조차 사진 속의 광경은 불가사의하게 느껴졌다.

"후후후, 그렇게 놀랄 일은 아니라고 봐. 세상이 겉으로 보이는 것과 다르게 움직이는 게 어제오늘의 얘기는 아니잖아. 그리고 이자들보다 더 중요한 건 이거야."

말을 하며 이혁은 사진 속의 한 지점을 손가락으로 가리켰다.

그의 손가락 끝에 닿은 건 노인들의 배경이 되어주고 있는 고풍스런 정자였다.

시은이 고개를 갸웃하며 물었다.

"이 정자가 왜?"

팔각의 기와지붕을 얹은 정자는 2층으로 된 것이었는데 지붕과 난간, 기둥에서 세월의 흔적이 완연했다.

얼핏 보아도 지은 지 백 년은 훌쩍 넘어 보이는 정자였다.

답을 찾지 못한 시은은 눈살을 찌푸리며 이혁에게 농담처럼 물었다.

"내 눈이 잘못되지 않았다면 이건 남원시에 있는 퇴수정인데… 이게 조선시대에 지은 거라고 해도 저 사람들보다 중요하게 생각되지는 않는걸?"

이혁은 싱긋 웃으며 고개를 저었다.

"건축된 시대 따위는 문제도 안 돼. 퇴수정은 아름답고 귀한 역사적 유물이지만 그 때문에 이 사진이 가치를 갖는 건 아냐. 모인 자들의 면면 때문은 더욱 아니고. 이 사진에서 정말 중요한 건 1층 계단 측면에 작게 음각되어 있는 이름이지."

"이름?"

사진을 뚫어져라 보았지만 맨눈으로는 이혁이 말한 것을 찾을 수가 없었다. 그녀는 거실의 서랍을 뒤져 돋보기를 찾아왔다.

그것으로 계단의 이곳저곳을 살피던 그녀가 작은 목소리로 중얼거렸다.

잠시 후 시은은 눈이 가늘어졌다.

"계단에 웬 일본어가 새겨져 있지? 강점기 때의 흔적인가? 그런데 혁아, 네가 말한 중요하다는 게 이거야?"

시은의 질문에 이혁은 고개를 끄덕였다.

"살펴봐."

"음, 가… 네… 무… 라… 그 뒤는 잘 안 보이는데?"

몇 분 동안 계단을 살피던 시은이 머리를 흔들며 말했다.

이혁은 덤덤한 어투로 그녀의 말을 받았다.

"슈이치. 누나가 본 것 뒤에 이어진 이름이야."

시은은 이맛살을 찌푸렸다.

처음 들어보는 이름이었다.

“가네무라 슈이치? 그게 누군데?”

“이시이 시로의 731부대 소속 연구원이었던 자. 그리고 아마도 종전 직전 이시이가 축적했던 초인연구 자료 중 핵심 부분을 빼돌리지 않았을까 추정되는 자. 그가 바로 가네무라 슈이치야.”

시은의 얼굴이 딱딱하게 굳었다.

이미 731부대의 비밀 연구실에 대한 이야기를 이혁으로부터 들은 그녀였기에 초인연구 자료가 어떤 폭발력을 가진 물건인지 잘 알고 있었다.

그녀가 새삼스럽다는 눈길로 사진을 돌아보았다.

“그럼…….”

이혁이 뒷말을 받았다.

“음각된 일본어는 시점이 언제인지는 알 수 없어도 슈이치가 남원에 있었다는 명백한 증거야.”

“왜 저런 걸 남겼을까? 수많은 사람이 자신을 찾을 것이고 발견되면 좋게 끝이 나지 않을 거라는 걸 모르지 않는 자가?”

이혁은 커피 잔을 들었다

어느새 잔은 많이 식어 있었다.

그가 한 모금의 커피를 마신 후 입을 열었다.

"그자의 뱃속에 들어갔다 나온 게 아니라서 나도 확실한 답은 몰라. 그렇지만 한 가지 목적만을 위해 저 흔적을 남긴 게 아니라는 건 장담할 수 있어. 저 사진을 가장 먼저 본 테드라는 가공할 초상 능력자가 온갖 머리를 굴려서 나를 끌어들인 걸 보면 알 수 있잖아."

귀를 기울이던 시은이 물었다.

"저들 중에 슈이치의 흔적이 갖는 의미를 아는 자가 있었을까?"

"저 정도의 무게를 가진 인물들이 모인 자리에 슈이치의 흔적이 있는 걸 우연으로 치부하는 건 너무 어색하잖아?"

"그건 그래."

시은이 고개를 끄덕이며 연이어 물었다.

"테드는 저들을 조사하지 않았을까?"

"했겠지. 하지만 성과가 없었던 거 같아. 그러니까 꼼수를 부려서 내게 넘긴 것일 테고."

"어떻게 할 거야?"

"태양회를 상대하다 보면 어떤 식으로든 저 사진 속 인물들과 낯을 트게 되겠지, 누나?"

시은은 쓴웃음을 지으며 다시 고개를 끄덕였다.

"그렇게 되겠지. 네가 예전과는 차원이 다를 정도로 강해졌다고 해도 늘 조심해야 해."

"알았어. 조심할게."

이혁은 순순히 시은의 걱정에 별다른 토를 달지 않았다.

진심은 순순히 받아들여주는 게 사람 사이의 예의였다. 물론, 토를 단 후에 닥칠 후환 때문에 그런 건 절대 아니었다.

"저들 중 내가 알고 있는 태양회원은 셋이야. 하지만 일본인을 제외한 나머지 두 명도 태양회에 소속되어 있다고 보는 게 맞을 거야. 격이 다르고 생각이 맞지 않는 자들이 저렇게 비공식적인 자리에서 한담을 나눌 일이 있겠어?"

저 여섯 사람이 한 단체에 소속되어 있다면 그 의미는 결코 간단하지 않았다. 저들은 이 나라의 상류층을 대표할 자격이 있는 자들이었으니까.

이혁이 혀를 차며 말했다.

"쩝, 그럼 저들이 그동안 세상 사람들에게 보여주었던 건 짜고 치는 고스톱이었다는 말이 되겠군."

"정보가 초고속으로 흐르는 세상이라고 하지만 언론에서 얘기하는 것 이외의 세상을 알 수 없는 게 보통 사람들의 삶이야. 그들 중 태반은 자신에게 직접적인 피해가 없다면 무슨 일이 벌어지듯 눈곱만한 관심조차 갖지 않을 것이고."

"디지털 시대의 현대판 노예나 다름없지."

이혁이 작은 음성으로 중얼거렸다.

5년 동안 그가 본 세상은 많이 이상했다.

민주주의를 노래 부르고 인권을 부르짖는 세계의 본질이 묘하게도 중세와 다를 바 없어 보였다.

힘과 정보의 독점, 스스로 제국화 되어가는 초국가기업들, 그 안에서 귀족이 된 부자들, 한정된 정보 속에 신분 상승의 기회를 박탈당한 채 딛고 선 지반이 무너지지 않을까 전전긍긍하며 하루하루를 살아가는 중산층 이하 서민들.

이 세계의 사람들은 중세에 비할 수 없는 권리를 향유하고 있었다. 인간과 역사는 분명 진보하는 것처럼 보였다. 그러나 정말 그런 것일까?

이혁이 보는 이 세계는 거대한 변화의 과정 중에 있었다. 그리고 그 변화는 따라잡기 어려울 만큼 빠르고 극적이었다.

변화가 향하는 목적지는 입이 벌어질 정도로 화려하고 세련되어 보이기까지 했으며 생각하는 것만으로도 가슴이 두근거릴 만큼 환상적이었다.

세계의 규칙이 서서히 바뀌고 있었다.

문제는 변화의 방향, 그리고 목적지가 역사퇴행적인 것처럼 보인다는 데 있었다.

그리고 그 흐름은 너무 커서 몇 사람이 나서서 바꿀 수 있는 규모가 아니었다, 설령 그들이 초인이라 할지라도.

"너무 부정적이구나."

시은이 탄식하며 말을 받았다.

"본 게 그거니까."

말을 하며 이혁은 피식 웃었다.

그의 시선이 잠시 창밖을 향했다.

'나는 어디까지 개입해야 하는 걸까…….'

생각이 많아졌다.

가정은 무의미하지만 시은의 말처럼 그가 보통 사람이었고 몰랐다면 그냥 넘어갔을지도 모르는 일들이, 알게 되었기 때문에 두고 볼 수 없게 되었다.

그는 '영생불사'와 관련된 모든 것을 파괴할 생각을 갖고 있었다.

그리고 그것은 영생불사를 꿈꾸는 자들이 그의 삶에 직접적인 피해를 가할 것이라는 걸 너무 잘 알고 있기 때문이다.

다른 사람들의 삶이 그자들에게 종속되어 지배되는 것도 꼴 보기 싫었지만 어떤 식으로든 자신도 그자들과 얽힐 것이 분명하다는 것에 대한 거부감이 훨씬 더 큰 게 사실이었다.

이 또한 '자신에게 올 피해를 알기' 때문에 생긴 거부감이었다.

영생불사, 초인연구, 연금술, 현자의 돌, 엘릭시르.

이런 것들에 대해 알지 못했다면, 그리고 그것을 얻은 자들이 자신의 삶에 어떤 식으로 간섭하게 될지 알지 못했다면 그들을 부수고 싶다는 생각 자체를 할 수 없었을 것이다.

자신의 처지를 모른다면 몰라도, 알게 되었는데 노예로 살고 싶어 할 사람이 있을까.

요지경인 세상이니 그래도 좋다는 사람이 있을지 몰랐다. 혹시 많을지도 몰랐다. 그러나 적어도 이혁은 '아니올시다' 였다.

'꼭두각시는 사양이다.'

이혁의 입꼬리가 비틀리며 차가운 미소가 떠올랐다가 사라졌다.

그는 어렸을 때도 자신이 영웅이라는 생각을 해본 적이 없었다. 자신이 이타적인 성향을 갖고 있지 않다는 것도 잘 알고 있었다.

크면서 생각이 바뀌지도 않았다.

능력에 비하면 생각이 너무 이기적이라는 비난을 받을지 모를 정도로 그의 관점은 자기중심적인 측면이 강했다.

커다란 힘은 그에 비례하는 큰 책임을 동반한다는 말에 어느 정도 동의하고는 있었지만 그 말에 구속될 정도는 아니었다.

그가 겪은 세상은 히어로가 숨 쉬는 영화 속처럼 선악이 명확하지도 않았고, 이분법을 적용할 수 있을 만큼 단순하지도 않았다.

그의 시선은 다시 사진을 향했다.

사진 속 여섯 명 중 누군가는 가네무라 슈이치와 관련이 있을 것이다.

'엉킨 실타래 같군. 하지만 어디서부터 풀어 나가야 할지는 명백하다. 태양회. 복수를 진행하다 보면 실마리를 보게 될 거다. 태양회는 초인연구 자료의 일부를 얻은 조직이야, 가네무라 슈이치는 초인연구와 깊게 관련되었던 자이고. 결국 나와는 만나게 될 수밖에 없다. 하지만 일이란 게 꼭 순서대로만 하란 법은 세상 어디에도 없지, 흐흐흐.'

그가 시은을 보며 입을 열었다.

"누나, 테드는 이 사진을 받은 후 보물처럼 간직했어. 은밀하게 조사도 했지. 그건 가네무라 슈이치라는 자가 갖고 있는 자료 속에 그가 원하는 무언가가 있다는 걸 의미해. 얼마나 살았는지 알 수 없는, 괴물 같은 자가 욕심 낼 정도의 자료라면 다른 자들에게도 거부할 수 없는 유혹이 되겠지."

시은이 눈을 빛내며 귀를 기울였다.

이혁이 말을 이었다.

"보통 사람들에게 가네무라 슈이치라는 이름은 아무런 의미가 없지만 초인들의 세계에서 이 이름은 가볍지 않아. 그의 흔적이 이 땅에 있다는 걸 알게 되면 흥미를 느끼지 않을 놈들이 없을 거야."

"미끼?"

이혁은 고개를 끄덕였다.

"어차피 나를 노출시켜서라도 놈들을 모을 생각이었어. 가네무라의 흔적이 그 일을 더 쉽게 해줄 수 있을 것 같아."

이혁의 입가에 미소가 떠올랐다.

그 미소는 핏빛이었다.

제7장

영국, 브라이튼.

테드는 어처구니없어 하는 얼굴로 맞은편에 앉아 차를 마시고 있는 키안을 바라보며 물었다.

"아들아, 너 지금 무슨 소리를 한 거냐? 내가 잘못 들은 거 맞지? 세상에 둘도 없는 바보도 하지 않을 짓을 영리한 그놈이 할 리가 없지 않냐?"

전체적으로 힘이 없는 듯한 모습이었지만 이혁과의 싸움에서 입은 상처는 찾아볼 수 없었다.

찻잔을 입에서 뗀 키안은 담담한 눈으로 테드를 보며 고개를 저었다.

기분이 많이 유쾌한 듯 가볍고 산뜻한 고갯짓이었다.

그가 말했다.

"켄은 세상에 둘도 없는 바보인가 보군요. 실제로 그 일을 했으니까요. 그 때문에 한국은 지금 전 세계의 초인 조직과 가문들 사이에서 최대의 관심사로 떠올랐습니다."

테드는 금방이라도 턱이 떨어질 것처럼 입을 쩍 벌리며 중얼거렸다.

"허… 이런 미친……."

키안은 그런 테드의 모습이 신기했다.

적지 않은 세월을 산 그였지만 누군가 테드에게 저런 표정을 짓게 만들 수 있을 거라고는 상상조차 해본 적 없었다.

'켄, 정말 대단한 친구야, 후후후.'

그가 은근한 미소가 깃든 얼굴로 말했다.

"그 친구의 어렸을 때 별명 중에 미친개라는 것도 있었다고 하더군요."

"누군지 몰라도 정말 제대로 지었군."

테드의 음성은 중환자의 신음 소리처럼 들렸다.

키안이 물었다.

“왜 그 사진을 켄에게 주신 겁니까? 그는 생각이든 행동이든 통제할 수 있는 친구가 아닙니다.”

테드는 길게 한숨을 내쉬었다.

“실수였다. 이런 짓을 서슴없이 저지를 놈이라고는 생각하지 못했다. 으드득.”

그는 작게 이까지 갈았다.

키안은 한층 깊게 가라앉은 눈으로 테드를 보았다.

그가 브라이튼에 칩거하고 있는 것처럼 보이지만 키안은 그게 사실이 아니라는 걸 너무도 잘 알고 있었다.

테드는 평범한 사람을 초상 능력자로 각성시킬 수 있는 괴물(?)이다. 게다가 그 힘을 유효적절하게 사용할 줄 아는 천재이기까지 했다.

지난 수백 년 동안 테드는 자신의 능력을 이용해 많은 사람을 초상 능력자로 만들었다.

그의 손이 닿은 사람들은 정치, 경제, 사회, 문화 각 분야에서 세계 최정상의 자리에 올랐다. 그리고 그들은 전 세계에 걸친 강력한 인맥 네트워크가 되었다.

키안이 ‘테드키즈’라고 부르는 초상 능력자들이 쌓은 힘은 세습되었고, 세월이 흐르며 더욱 강고해졌다.

그와 키안이 합심해서 만든 ‘빛의 고리’는 그런 ‘테드키즈' 들 중 일부를 이용한 조직이었다.

얼마 지나지 않아 테드의 광태에 질린 키안이 자신을 따르는 능력자들을 데리고 독립해 버리긴 했지만.

전 세계의 '테드키즈' 들은 테드가 필요로 하는 것이라면 그것이 무엇이든 즉각적으로 제공해 왔다. 그 대부분은 정보와 돈이었고, 가끔은 권력도 포함되었다.

이혁과 관련된 이번 작전에도 '테드키즈' 들의 적극적인 지원은 결정적으로 작용했다.

테드가 이혁을 주목하게 된 건 캘리 때문이었다.

캘리는 나이지리아를 떠나기 전, 테드와 연락을 취했고, 자신이 겪은 모든 일을 사실대로 이야기했다.

그녀에게 테드는 아버지와 같은 스승이었기 때문에 감추거나 속일 것이 없었다.

캘리가 언급한 이혁의 능력은 테드의 귀를 번쩍 뜨이게 만들었다.

오랫동안 자신이 원하는 일을 해줄 수 있는 능력자를 물색해 왔던 테드는 즉시 이혁에 대한 조사에 착수했다.

불과 며칠 만에 그는 이혁이 한국계 히트맨이며, 한국을 막후에서 지배하는 거대 조직 '태양회' 와 같은 하늘을 보며 살 수 없는, 심각하게 불편한 관계라는 것을 알아낼 수 있었다.

테드는 하늘이 자신을 도운 것이라고 생각했다.

그는 오랫동안 한국에서 자신의 일을 해줄 수 있는 능력자를 찾고 있었다. 이혁이 적절한 능력만 있어도 감사했을 판국에, 한국인에다가 태양회의 적이기까지 했으니 그로서는 예상치 못한 월척이 걸린 거나 마찬가지였다.

그 이후에 일을 꾸미는 건 어렵지 않았다. 더구나 이혁이 아끼는 리마라는 팀원이 캘리의 뒤를 쫓아 영국에 잠입했다. 덕분에 그를 끌어들이는 일은 예상보다도 훨씬 쉬워졌다.

하지만 이혁과 직접 만난 순간부터 그의 구상은 궤도를 이탈해서 안드로메다를 향해 달려가 버렸다.

이혁은 그의 상상을 가볍게 뛰어넘어 버린 초강자였다. 그의 구상 어디에도 패배는 들어 있지 않았음에도 그는 무참하게 패배했다.

충격적인 결과였다.

그럼에도 그는 결국 자신이 원하는 대로 상황을 만들어가는 데 성공했다.

'그랬었는데, 이 개자식이…….'

테드는 어처구니가 없어 다시 한숨을 내쉴 수밖에 없

었다.

'가네마루가 남긴 물건이 한국에 있을지도 모른다는 정보를 전 세계에 뿌려 버리다니……. 가네마루는 이시이 시로가 얻은 파라셀수스의 불멸인자 연구 자료를 토대로 이시이 시로와 함께 진정한 불사에 근접하는 '무엇'을 만들었을 것으로 추정되는 자라는 걸 네가 알고 있었다면 그럴 수 없었겠지. 에효, 미친개는 아무나 문다는 것을 염두에 두지 못한 내 실수다. 누굴 탓하랴.'

그는 이혁과 관련된 모든 것을 샅샅이 조사했다.

그 내용은 워낙 방대해서 아마 이혁이 알았다면 허탈해 했을 것이다, 테드가 자신조차 기억하지 못하는 것까지 알고 있다면서.

그런 노력을 기울였음에도 테드는 이번 사태를 통해 자신이 이혁을 정말 잘못 알고 있었다는 것을 인정하지 않을 수 없었다.

'미친개가 맞다. 그 정도 능력을 갖고 저렇게 욕심이 없을 수가 있단 말인가. 부와 권력, 명예 따위에 초연할 수는 있다 하더라도 어떻게 '영생불사'에 대한 것까지 욕심이 없을 수 있단 말인가.'

테드는 이혁을 이해하는 데 심각한 곤란을 겪고 있

었다.

만약 그가 맞은편에 앉아 있는 키안도 똑같은 경험이 있다는 걸 알았다면 조금 위로가 되었을 텐데…….

테드가 키안을 보며 물었다.

"아르게틀람이 파악한 것들은 전해 받았냐?"

"예."

"그럼 돌아가는 상황을 어느 정도 알겠구나. 아는 대로 말해주겠느냐?"

"기꺼이 말씀드리죠."

키안은 누가 봐도 유쾌하고 신이 난 얼굴로 말을 이었다.

"무스펠하임에서는 미하일 대공의 명을 받은 요하네스와 에릭이 직접 움직이고 있다는 정보가 있습니다. 사백작 전부를 데리고 한국으로 떠났다고 합니다. 앙천의 손을 빌려 켄을 치려던 애초의 계획은 폐기된 것으로 보입니다."

테드는 고개를 끄덕였다.

"나라도 그러겠다."

"멜리사를 비롯한 현인회의 현자들 중 몇 분도 한국행을 택했다는 정보가 있지만 확인하지는 못했습니다."

테드는 눈살을 찌푸리며 툭 뱉듯이 말했다.

"그 노괴물들은 신경 쓰지 않아도 돼, 쟁탈전에 낄 인간들은 아니니까."

키안은 빙긋 웃었다.

"알고 있습니다. 하지만 언제든 거대한 변수가 될 수 있는 분들이라서 주의는 하고 있습니다."

"또?"

"독수리발톱의 요원들이 CIA의 지원을 받으며 한국에서 활동하고 있는 듯합니다. 마스터도 한국에 있을 가능성이 있습니다."

테드의 미간에 깊은 골이 패였다.

"그 엉덩이 무거운 크리스티나가?"

"켄과 특별한 관계에 있는 사람들이라서 충분히 가능성이 있습니다."

"거참, 가지가지들 하고 있네. 또 있겠지?"

"앙천 쪽은 과거의 원한에다 이번에 입은 피해도 있고 해서 제대로 준비를 하는 모양이더군요. 꼭꼭 숨겨놓았던 것들까지 꺼내는 듯하다는 정보가 있었습니다."

"숨겨놓았던 것? 그 사령강마인가 하는 거 말이냐?"

"예."

"허, 그것들 풀어놓고 뒷감당을 어떻게 하려고? 살아 움직이는 건 다 죽이려드는 망할 것들이라고 했잖냐? 한국 땅에서 대학살이 벌어질 텐데?"

"그들도 여러 가문과 조직들이 움직이고 있다는 것을 알고 있으니 배수진을 치는 거겠죠."

"뭐, 켄이라는 놈이 있는 한 그리 쉽게 일이 벌어지지는 않을 테지만……. 재미있는 구경거리가 되겠군. 흐흐흐."

고소하다는 기색으로 낮게 웃은 테드가 다시 물었다.

"미국 쪽은?"

"타이요우의 실세인 타케시 후지와라가 전투조직인 타이료오바타 요원들과 함께 일본에 들어갔습니다. 미국가안보국(NSA)에서 나온 정보이니 확실합니다. 하지만 그들도 타이요우의 구체적인 움직임까지는 알고 있지 못합니다. 타이요우는 꽤나 능력이 있는 조직인데다 일본은 그들의 안마당이나 다름없는 곳이니까요."

"더 있냐?"

"수십 개의 가문과 조직이 능력자들을 파견하고 있습니다만 앞에 열거한 조직들만큼 대국에 영향을 끼치기는 어렵습니다."

"네가 고생했구나. 하지만 곧 네 정보망도 끊기겠지?"

키안은 쓰게 웃으며 고개를 끄덕였다.

"주력들이 움직이고 있으니 귀찮은 감시의 눈부터 치우려 들 겁니다. 그래서 '빛의 고리'에 속한 부하들은 이미 철수시켰습니다. 그들의 능력으로는 저항도 하지 못한 채 희생당할 게 뻔해서요."

말을 하며 키안은 테드의 눈을 똑바로 보았다.

현재 그가 거느린 '빛의 고리'의 정보망은 테드로부터 물려받은 걸 키운 것이다. 하지만 그는 잘 알고 있었다. 테드가 갖고 있는 정보망, 아르게틀람에 비하면 그가 가진 건 새 발의 피에 불과하다는 것을.

그가 말을 이었다.

"아직 아르게틀람이 협조해 주고 있지만 저로는 한계에 직면한 느낌입니다. 제 역량을 넘어서는 거물들이 움직이고 있습니다."

테드의 눈에 의외라는 기색이 어렸다.

키안은 자존심이 무척 강했다. 그래서 부친인 자신에게도 능력이 미치지 못한다는 말을 한 적은 평생을 통틀어도 손에 꼽을 정도로 적었다.

"뭐 잘못 먹었냐? 네가 그런 말을 다하고?"

키안이 인상을 확 썼다.

테드는 뜨끔한 얼굴로 시선을 천장으로 돌렸다.

그는 이 세상에서 키안에 대해 속속들이 알고 있는 유일한 사람이었다. 그리고 능력도 몇 배는 더 뛰어났다.

자식이긴 했지만 그는 혈연에 얽매이는 스타일의 사람도 아니었다. 자식이 키안 한 명도 아니었고.

그럼에도 그는 키안을 껄끄러워했다, 그것도 아주 많이.

키안은 몸은 하나였지만 그 혼은 하나가 아니었다. 다른 혼은 테드의 영혼에 채운 금고아(삼장법사가 손오공의 머리에 채운 족쇄)였다.

그 생각만으로도 테드의 마음은 형편없이 약해졌다. 오래전 키안이 독립했을 때도 그는 불같이 노했지만 결국 그것을 받아들였다.

모두가 키안의 안에 있는 다른 혼 때문이었다.

피할 수 없는 카르마[業].

'어쩌다 저런 놈이 태어나가지고…….'

반복된 기나긴 삶과 몇 번의 전생(轉生)은 그의 성격을 예전과 조금 다르게 바꾸어놓았다. 그래도 본성은 어디 가지 않았지만.

그의 눈길을 받으며 키안이 굳어진 얼굴로 입을 열었다.

"무스펠하임이 우리를 공격해서 연구하고 있던 파라켈수스의 비전을 강탈해 갔을 때도 저는 아버님께 도움을 요청하지 않았습니다. 그 싸움에서 패배해 목숨을 위협받을 때도 마찬가지였습니다."

테드는 눈살을 찌푸렸다.

그의 얼굴은 진지해져 있었다.

키안이 하고 있는 얘기는 가볍게 들어 넘길 수 없는 것이었다.

키안이 말을 이었다.

"그건 제가 선택한, 짊어져야만 하는 운명이라고 생각했기 때문이었습니다. 유럽의 암흑가를 장악한 무스펠하임도 그동안 특정한 영역 외에는 자신들의 힘을 투사하지 않았습니다. 하지만 이번 경우는 다릅니다."

"뭐가 말이냐?"

"일이 어디까지 번질지 가늠이 안 됩니다. 무스펠하임과 앙천, 혈해, 태양회, 진혼, 타이요우. 켄과 얽힌 자들 대부분은 그와 끝을 보고 싶어 합니다. 아무 일도 아닌 것처럼 지나갈 가능성은 전무합니다. 전쟁의 쓰나미가 얼마나 높을지, 그것이 얼마나 광범위한 영역을 휩쓸어 버릴지도 예측이 안 됩니다. 쓰나미의 모습이라도 볼 수 있어야 그나마 대처가 가능할 겁니다. 그러기 위해서는 아버님께서 적극적으로 켄과 협력해 주셨으면 합니다."

테드는 손으로 턱을 쓰다듬었다.

말이 없었다.

생각이 많은 눈빛이었다.

잠시 후, 그가 불쑥 말했다.

"네놈이 아르게틀람의 수장 직위를 맡는다면 고려해 보마."

생각지도 못했던 제안에 키안의 입이 떡 벌어졌다.

아르게틀람의 수장직은 테드의 진정한 상속자를 뜻한다. 그걸 수락한다는 건 지금까지 해왔던 독립된 생활을 포기한다는 뜻과 같았다.

키안은 장고에 들어갔다.

*　　　*　　　*

안산 중앙동.

중앙역에서 내린 이수하는 로데오 거리로 접어들었다.

그리고 롯데백화점이 보이는 작은 사거리의 한구석에 섰다.

오후 3시가 넘어가며 선선해진 바람이 건들거리듯 느릿하게 길 위를 배회하고 있었다.

그녀는 가슴골이 보일락 말락 할 정도로 단추를 푼 흰색의 실크 와이셔츠에 바다 빛깔의 와이드 팬츠, 그리고 굽이 높은 흰색 스니커즈를 신고 있었다.

보기만 해도 시원한 차림인데다 얼굴과 몸매가 연예인이 울고 갈 정도로 흔치 않은 미녀라 지나가는 사람들의 시선을 자석처럼 이끌었다.

머리 굵어진 후로 늘 따라다니던 시선이라 이수하는 그것을 의식하지 못했다. 두근거리는 심장을 끌어안고 그녀를 힐끔거리는 사내들에게는 안타까운 일이었다.

바람에 흐트러진 머리카락을 쓸어 넘기며 사방을 둘러보던 그녀의 눈동자가 건너편 골목 안쪽의 벽면에 붙어 있는 작은 간판에 고정되었다.

—머루향.

바쁘게 길을 건넌 이수하는 간판 아래에 섰다. 머루향

은 전면이 유리창이었지만 안쪽이 보이지 않는 검은 칼라 유리였다.

“게으른 년, 꼭 자기 동네에서 보재요, 칫.”

투덜거린 그녀는 걸음을 옮겼다.

문을 열고 들어선 이수하는 아끼는 친구의 얼굴을 볼 수 있었다.

의자에 앉아 들고 있는 태블릿을 내려다보던 윤성희가 문이 열리는 기척에 고개를 들었다가 이수하를 발견하고 활짝 웃었다.

이수하는 성큼성큼 걸었다.

털썩 의자에 앉은 그녀가 고개를 삐딱하게 기울이며 입을 열었다.

“쌍년, 다음엔 대전이야.”

윤성희는 환하게 웃으며 고개를 끄덕였다.

“소원이라면.”

“이년아, 벌써 두 번째 안산행이거든.”

“내가 오라고 했어? 나는 저번이나 이번이나 네가 먼저 이리 오겠다고 했던 걸로 기억하는데?”

이수하가 입술을 삐죽거렸다.

“잘났다, 이년아.”

사실이었다. 궁금해서 죽을 것 같은 사람은 그녀였지 윤성희가 아니었으니까.

윤성희가 눈을 흘겼다.

"말투하고는. 경감 승진이 예정된 년 입이 동네 양아치야."

이수하는 뭔가 마음에 들지 않는 듯한 표정으로 어깨를 으쓱했다.

"내 팔자에 교양 있는 말투는 없어."

"그 팔자 누가 말려."

말을 하며 윤성희가 피식 웃었다.

아르바이트생이 커피를 내왔다.

윤성희가 말을 이었다.

"어디로 갈지 손은 쓰고 있어?"

"가라는 데로 가야지, 뭐."

"너, 윗분들에게 미운털 박힌 거 몰라? 엉뚱한 데로 보내려고 할 거야. 뒤통수 맞지 않으려면 미리 손써놓는 게 좋아."

"지랄들 하라고 하셔. 지들이 나 고용했나, 국가가 고용했지."

이수하의 퉁명스런 대답에 윤성희는 소리 없이 웃

었다.

지금 이수하의 기분을 가장 잘 알고 있는 사람이 그녀였다. 둘의 관계는 소울메이트라고 해도 틀린 말이 아닐 정도로 가까웠으니까. 특히나 5년 전 일을 함께 겪은 후로 그 관계는 더 깊어졌다.

이수하는 승진하지 않기 위해 발버둥을 쳤지만 더는 피할 수 없게 되었다.

옳지 않은 일이라면 위아래 가리지 않고 밟아대고 들이 받는 더러운 성질 때문에 윗사람들의 눈 밖에 난 지는 오래되었다. 그래서 상부에서도 그녀의 승진을 원하는 사람은 극히 드물었다. 하지만 경찰 조직에서 가장 우선하는 건 능력이다.

능력은 실적으로 판단된다.

그녀는 전국 최고의 범인 검거율을 자랑하는 강력반 형사였고, 한 팀을 이끄는 리더였다. 팀원들에게 실적을 밀어주어도 남아도는 걸 어쩌란 말인가.

그날은 결국 왔다.

경감 승진은 올해 12월로 예정되었다. 하지만 그녀는 자신의 승진이 정말로 마음에 들지 않았다.

2000년대 초반, 경위가 파출소장을 하던 시절에 그

들은 간부로 대접받았다.

그 시절 경찰대를 졸업한 새파란 이십대도 졸업하자마자 파출소장으로 임용되었기 때문에 현장일은 하지 않았다. 그냥 결재만 하면 되었다.

현재의 경정 이상 간부들이 그들이다. 그래서 그들은 현장 경험이 없고 현장도 잘 모른다.

하지만 파출소가 지구대로 통합되고 경위 직급의 숫자가 발에 치일 정도로 많아지면서 그 계급은 실무자로 분류되는 게 현실이었다.

경찰대 출신의 엘리트라도 요즘은 현장에서 몇 년은 직접 뛰어야 한다, 이수하가 졸업 후 강력반에 배치되었던 것처럼.

물론 그녀는 경찰대 출신들에게 강제로 부여된 순환보직을 거부하고 강력반에 계속 머물기 위해 적지 않은 꼴통 짓을 하긴 했다.

아무튼 경감이 되면 사정은 달라진다.

경감부터는 한 경찰서에 2년 이상 있을 수 없다.

의사에 상관없이 때가 되면 여러 지역의 경찰서로 옮겨 다녀야 한다. 그리고 서류와는 가까워지지만 실무와는 시간이 갈수록 거리가 멀어진다.

경감으로 강력팀장을 하기는 어렵다. 하고 싶다고 해도 할 수 없다.

서울 경찰청 관내에서는 실험적으로 그런 강력팀을 만들고 있긴 하지만 지방에서 경감은 부서의 계장급이다. 팀장을 할 수는 없는 것이다.

이수하가 승진을 극력 피해 다닌 이유가 그 때문이었다.

이수하가 커피 잔을 손바닥 위에서 슬슬 굴리며 물었다.

"말해봐."

윤성희가 장난스런 얼굴로 시치미를 뚝 뗐다.

"뭘?"

"죽는다, 너!"

"큭큭큭."

이수하의 부릅뜬 눈을 보며 윤성희는 숨을 죽이고 웃었다.

웃음을 멈추고 이수하를 쳐다보는 그녀의 안색이 조금씩 무거워졌다.

이수하가 인상을 찌푸리며 시큰둥한 어조로 말했다.

"똥폼 잡을래? 헤드록으로 조지기 전에 빨리 불어."

윤성희의 어깨가 늘어졌다.

이수하는 정말이지 진지한 분위기로 말하기가 너무 어려운 친구였다. 그렇다고 그녀가 장난기가 많거나 한 건 아니었다.

그저 아름다운 외모에 저렇게 저렴한 말투는 극심한 언밸런스라 얘기를 하다 보면 저절로 머리가 깨는 탓에 분위기를 잡을 수가 없는 것이다.

윤성희는 입맛을 다시다가 옆에 놓아둔 핸드백에서 한 장의 서류를 꺼내어 이수하에게 건넸다.

의아한 얼굴로 건네받아 살펴본 이수하의 안색이 확 변했다.

서류는 출입국관리 사무소에서 보내온 어떤 인물의 입국 확인서였다.

성명 란에는 두 글자가 선명하게 인쇄되어 있었다.

—이혁.

이수하는 입술을 질끈 물었다.

서류에서 눈을 뗀 그녀가 윤성희를 보았다. 궁금증이 가득 담긴 눈빛이다.

윤성희가 입을 열었다.

"수배령은 풀렸어. 어느 선에서 작업이 들어왔는지는 모르지만 법무부가 거부하지 못할 정도였으니, 아마도 저 위에서 내려온 오더겠지."

그녀는 긴 손가락을 수직으로 세워 하늘을 가리켰다.

이수하가 굳은 얼굴로 물었다.

"푸른 집?"

"그렇지 않을까 싶어."

윤성희는 고개를 끄덕이며 대답했다.

이수하의 반듯한 이마에 주름이 잡혔다.

"거기서 왜? 그쪽이라면 오히려 더 꽉 막혀 있어야 정상이잖아?"

이혁이 사라진 후, 이수하와 윤성희는 그의 주변에서 발생한 일들을 나름대로 조사를 했었다. 깊이 들어가기 전에 차단당하기는 했지만 알아낸 것이 아주 없지는 않았다.

그중에는 당시 일에 상류층과 하류층에 아주 강력한 권력을 가진 자들이 어떤 식으로든 개입되어 있을 것이라는 미약한 증거와 확고한 심증도 포함되어 있었다.

부족한 증거를 추론으로 채운 것인 데다 상부의 압력

도 어마어마해서 결국 터트리지 못하고 묻을 수밖에 없었지만.

윤성희가 커피를 한 모금 마신 후 입을 열었다.

“그곳도 거부하기 곤란한 곳에서 압력이 들어온 거겠지. 그렇지 않으면 설명되지 않으니까.”

“대량 살인의 용의자로 지목되어 수배된 인물을 풀어주려면 대체 어느 정도의 압력이어야 하는 거야? 그게 가능하긴 해?”

어이없다는 얼굴로 중얼거리듯 묻던 이수하의 안색이 확 변했다.

“뭐야, 이거? 설마…….”

두 사람의 눈이 마주쳤다.

윤성희가 씁쓸하게 웃으며 말을 받았다.

“네 생각이 맞을 거야. 거기밖에 없잖아.”

“…미국이란 거야?”

이수하의 질문에 윤성희는 고개를 끄덕였다.

이수하는 등을 의자에 붙이며 고개를 뒤로 푹 꺾고 천장을 올려다보았다.

“지랄……. 이 자식 대체 정체가 뭐야.”

윤성희가 피식 웃으며 물었다.

“그의 정체가 궁금해? 그때 그가 대체 무슨 짓을 했는지, 또 지난 5년 동안 어디에 있었는지, 그리고 뭐하고 다닌 건지 그런 게 궁금한 게 아니고?”

“궁금하지. 그런데 철벽이 앞을 가로막고 있다는 거 너도 알잖아. 더 파고들면 다친다는 다크 포스를 철철 흘리는 철벽이 말이야.”

“그렇긴 하지. 그럼 파고들지 말고 당사자한테 직접 물어보는 건 어때?”

“직접…….”

윤성희의 말에 묘한 뉘앙스가 섞인 단어가 포함되어 있다는 것을 느낀 이수하가 등을 발딱 세우며 얼굴을 윤성희의 코앞에 가져다 댔다.

“그가… 어디 있는지 알고 있어?”

윤성희는 순순히 고개를 끄덕였다.

“어디야?”

이수하의 눈이 강하게 빛났다. 힘이 잔뜩 들어간 목소리는 잠긴 것처럼 느껴질 정도로 가라앉았다.

윤성희는 짧게 대답했다.

“근처.”

이수하의 눈이 커졌다.

"대전?"

"응."

"하, 이런 개… 자… 식……. 으드득! 이번에 만나면 정말로 죽여 버릴 거야."

등골을 시리게 만드는 살기가 쫀득하게 묻어나는 목소리였다. 하지만 윤성희는 이수하의 말투에서 다른 감정을 어렵지 않게 감지할 수 있었다.

윤성희가 눈을 동그랗게 떴다.

"진짜?"

이수하가 으르렁거리는 듯한 거친 어투로 대답했다.

"내 사전에 뻥이란 말은 없어!"

윤성희는 작게 코웃음을 쳤다.

"구라는 있잖아."

"……."

윤성희는 이수하의 입을 간단하게 틀어막았지만 좋아할 수가 없었다.

이수하는 놀리는 재미가 각별한 친구였다. 대학 시절, 힘든 훈련이 연이어질 때도 윤성희는 이수하 덕분에 웃을 수 있었다.

문제는 지금처럼 때와 장소를 가리지 않고 그러고 싶

어진다는 데 있었다.

그녀가 한숨을 내쉬며 말했다.

"수하야, 우리 좀 진지해지자."

이수하가 팔짱을 끼며 말을 받았다.

"말은 똑바로 해야지. 난 진지해. 그렇지 못한 건 늘 너였어."

윤성희의 한숨이 더 길어졌다.

"에효, 그래, 니 팔뚝 굵어요."

말을 잇는 그녀의 눈빛이 깊어졌다.

"너 아직도 그때 일, 마음에 두고 있어?"

윤성희의 말에 담긴 의미를 바로 이해한 이수하는 이를 악물었다.

"어떻게 잊어? 그 개자… 식은 내 앞에서 사람을… 죽였어……."

"네가 뭘 보았든 그건 밝혀진 게 없어. 시체 없는 살인 사건이잖아. 거기서 살인이 있었다고 주장하는 건 너뿐이야, 위에서는 네가 그때 일을 캐고 다니는 걸 틀어막으려 하고."

이수하의 눈빛이 강해졌다.

"나는 보았어. 개새끼들이 왜 그걸 묻어버리려고 하는

지 알 수는 없지만, 그건 일어났던 사건이야."

"아무도 네가 본 사건의 진실이 세상에 밝혀지는 걸 원하지 않는데 굳이 매달릴 필요가 있을까? 그에게도 사정이 있을 수 있잖아."

"미쳤어? 무슨 사정? 사람 죽이는 사정을 이해해야 하는 직업이야, 우리가?"

"그래도 변명할 기회는 주어야 하지 않을까?"

"그런 건 수갑 차고 법정에서 하라고 해. 그게 법이야. 우리는 법을 법대로 집행해야 하는 경찰이고. 유무죄 판단은 우리 몫이 아니야. 검판사가 할 일이지."

"벽창호 같은 년."

"그래, 나, 전후좌우 아래위, 전부 꽉 막힌 년이다. 그래서… 떫어?"

윤성희는 고개를 저었다.

"그게 너인 걸 어쩌겠니. 네가 다른 대답을 했으면 오히려 실망했겠지."

"하고 싶은 말이 뭔데?"

윤성희는 목걸이처럼 걸고 있던 흰색의 작은 USB 메모리를 벗어 이수하에게 건넸다. 그것을 받아 든 이수하의 눈에 의혹의 빛이 떠오르는 것을 보며 그녀가 말했다.

“그동안 내가 조사한 게 거기 담겨 있어. 네가 받아들이기 어려울 정도로 황당한 내용들도 있으니까 살펴봐. 그 대부분이 이혁과 관련되어 있기도 하고. 보고 마음이 정해지면 내게 연락해. 나는 네 도움이 필요해.”

말을 잇는 그녀의 눈 밑에 어두운 그늘이 졌다.

“확실한 건 아니지만 우리나라… 많이 위험한 거 같아. 뭔가 해야 해. 그렇지 않으면 많은 사람이 다치는… 정말 큰일이 벌어질지도 몰라.”

이수하의 눈가에 긴장된 기색이 스쳐 지나갔다.

그녀는 눈앞의 똑똑한 친구가 빈말하는 사람이 아니라는 것을 잘 알고 있었다.

메모리를 목에 건 그녀가 윤성희에게 물었다.

“내게 고민할 시간은 있는 거야?”

“아주 조금. 하지만 최대한 빨리 결정을 내려줘. 여유가 없어…….”

“알았어.”

자리에서 일어난 이수하는 윤성희를 내려다보며 말했다.

“연락할게.”

제8장

해가 중천을 향해 달려가고 있었지만 구름이 두터워서 날은 선선한 편이었다.

대전 경계로부터 남쪽으로 20킬로미터가량 되는 지점에 있는 야산 지대.

작은 분지인 그곳에 장신의 사내가 나타났다.

선이 굵은 호남형의 얼굴이지만 눈과 얼굴에 표정이 없어 속마음을 짐작하기 어려운 남자.

이혁이었다.

혈우대와 전투를 벌였던 장소였다. 그러나 모르는 사람에게 현장은 버려진 폐허일 뿐이었다. 그 정도로 현장은 깨끗했다.

피가 강물처럼 흐르고 시신이 푸줏간의 고기처럼 널려 있던 흔적을 찾는 건 불가능에 가까웠다.

짓밟혀 뭉개졌던 잡풀들까지도 언제 그런 일이 있었냐는 듯 멀쩡한 모습으로 그를 반기고 있었다.

'제이슨 팀의 솜씨가 점점 더 좋아지는군.'

한가로운 태도로 굴러다니는 돌을 톡톡 걷어차며 거닐던 그가 고개를 돌려 뒤를 보았다. 멀리서 차량의 엔진 소리가 들리는가 싶더니 1분도 채 지나기 전에 남녀가 섞인 일행이 그의 시야에 들어왔다.

특이하게도 그들은 외국인이었다.

눈이 휘둥그레질 정도로 아름다운 금발의 여인과 미소가 인상적인 흑인 청년, 곱상한 동양 남자와 눈이 휘둥그레질 정도의 거구, 그리고 기품이 느껴지는 삼십대 후반의 장년 남자.

다들 흔히 보기 어려운 외모의 소유자였고, 이런 장소에서는 만나리라고 기대하기 힘든 조합의 인물들이었다.

그들이 다가오는 속도는 놀라울 정도로 빨랐다.

"켄!"

바람처럼 십여 미터를 한걸음에 건너뛴 레나가 이혁의

품으로 새처럼 날아들었다.

덥석!

이혁은 고개를 휘휘 저으며 레나를 안았다.

날아드는 속도를 생각하면 뒤로 넘어져야 정상이겠지만 그런 일은 일어나지 않았다. 안길 때의 레나는 나비라도 된 것처럼 무게가 전혀 느껴지지 않았다.

적어도 이 자리에는 그것을 이상하게 생각하는 사람은 한 명도 없었다.

초상 능력자들에게 이 정도의 중량 조절 능력은 기본 축에도 들지 못하니까. 이혁이야 초상 능력자들보다 이런 걸 더 잘하는 무예의 초강고수이고.

품 안으로 파고드는 레나를 기술적으로 슬쩍 밀어낸 이혁이 외국인 일행 중 가장 나이 많아 보이는 남자에게 물었다.

"줄리앙? 언제 합류한 거지? 제이슨은 당신이 왔다는 말을 하지 않았는데?"

하얀 피부와 초록빛의 눈동자, 그리고 높게 솟은 콧날이 인상적인 프랑스 태생의 중년 미남 줄리앙이 빙그레 웃으며 말을 받았다.

"당신이 몇 시간 전에 벌인 일 덕분에 내 일정이 올

스톱 되었어. 마스터께서 당장 당신을 만나라고 하시더군."

"내 예상보다는 빨리 왔는걸?"

이혁의 질문에 줄리앙은 얼굴을 찡그렸다.

"블라디보스톡에 있었거든."

연이어 그가 물었다.

"대체 무슨 생각인 건지 물어봐도 될까? 설마 당신이 무슨 짓을 벌인 건지 모르고 있는 건 아닐 텐데?"

이혁은 흰 이를 드러내며 싱긋 웃었다.

"모를 리가 있나."

대답을 들은 줄리앙의 미간에 깊은 골이 패였다.

그는 독수리의 발톱에 소속된 초상 능력자들 중 가장 나이가 많았다. 겉으로는 사십 전후로 보이지만 실제 나이는 칠십이 넘었다.

세월이 준 지혜는 물론이고 초상 능력도 출중해서 마스터의 신임이 두터운 사람이었다. 그래서 큰 사건이 터지면 그는 마스터를 대신해서 현장을 지휘하곤 했다.

오늘도 그런 경우였다.

이혁이 말을 이었다.

"어렵게 생각할 필요는 없어. 있는 그대로 봐. 난 가네마루 슈이치를 아는 사람들이 그의 흔적을 보고 어떤 식으로 반응하는지 확인하고 싶었을 뿐이야. 당신이 온 걸 보니까 내 바람이 곧 기대 이상으로 충족될 것 같아서 기분이 좋아."

줄리앙은 눈살을 찌푸렸다.

그가 가진 초상 능력은 두 가지였다. 그중 하나가 다른 사람의 마음을 읽는 능력이었다.

물론, 대비를 하고 있는 초상 능력자의 마음을 읽어낼 수 없다는 한계는 있었지만 대단히 유용한 능력임에는 틀림없었다.

지금 그는 두 번째 능력으로 이혁의 마음을 읽어내려 노력하고 있었다.

이혁은 진실을 말하고 있었다.

'휴우… 어디로 튈지 알 수 없는 놈… 대체 무슨 생각인 건지…….'

그는 한숨이 나오는 걸 참기가 힘들었다.

이혁은 가네마루 슈이치의 흔적에 붉은색 동그라미까지 쳐져 있는 사진을 테일러에게 보냈다, 물론 여섯 명의 등장인물들은 삭제하고.

테일러는 그 사진을 전 세계의 유력 초인 조직의 손에

즉시 들어갈 수 있도록 정보망을 움직였다.

조작은 쉬웠다. 하지만 그것이 불러일으킨 결과는 엄청났다.

전 세계의 배후에서 막강한 영향력을 행사하던 모든 세력이 용암처럼 들끓고 있었다. 사진을 본 독수리의 발톱의 마스터까지 손을 떨 정도였으니.

이혁이 줄리앙에게 불쑥 물었다.

"그런데 가네마루가 대체 무엇을 갖고 있기에 그 흔적만으로도 이런 반응이 일어나는 걸까? 혹시 당신은 알고 있나?"

그의 질문에 줄리앙은 무언가를 물어보려던 입을 다물었다.

그의 시선이 일행을 훑었다. 다들 호기심 어린 눈으로 그를 보고 있었다.

그는 눈살을 찌푸렸다.

이혁의 질문에 대답하기 난감하다는 기색이 완연한 표정이었다.

줄리앙을 제외한 다른 사람들은 가네마루 슈이치라는 이름을 오늘 아침에 처음 들었다, 이시이 시로의 731부대에 있던 비밀 실험실에서 초인 연구를 하던 천재였다는 간략한 설명과 함께.

이혁은 빙긋 웃었다.

"줄리앙, 당신에게 어떤 대답을 들을 수 있을 거라고는 기대도 하지 않아. 그러니까 내 질문에 부담을 느낄 필요는 없어."

그는 자신의 팔을 가슴에 꼭 끌어안은 채 귀를 기울이고 있는 레나에게 시선을 돌리며 말을 이었다.

"가네마루 슈이치가 무엇을 갖고 있었는지는 나도 잘 몰라. 하지만 그가 가진 것이 정말 중요한 것이었을 거라는 건 알지. 그렇지 않다면 이런 반응이 있을 리 없으니까. 레나."

그가 레나를 불렀다.

"왜?"

"내가 왜 너희 일행을 이곳으로 불렀을까?"

그 말에 레나와 줄리앙 등은 사방을 돌아보았다.

다 허물어져 가는 주택과 그 뒤쪽의 양계장으로 썼던 듯한 건물, 잡풀이 우거져서 뱀이라도 기어나올 듯한 넓은 마당.

레나가 고개를 갸웃하며 이혁에게 물었다.

"그 대답을 꼭 내가 생각해야 해?"

이혁은 혀를 찼다.

"미안해, 잠깐 네가 누군지 잊었다."

레나는 활짝 웃었다.

머리가 어지러울 정도로 아름다운 미소였다.

그녀는 놀라운 전투력을 가진 초상 능력자였지만 머리까지 능력에 버금가는 사람은 아니었다. 영리하긴 했지만 천재는 아닌 것이다.

그래서 이런 식의 대화는 별로 좋아하지 않았다. 게다가 주변에는 그녀와 달리 생각하기 좋아하는 천재가 한둘이 아니었다.

그 천재 중의 한 명이 흑인 청년 에이단이었다.

에이단은 레나에게 싱긋 웃어 보이며 끼어들었다.

"켄, 너무 쉬운 질문 아닙니까? 이곳이 슈이치와 관련이 있는 곳이 아니라면 우리를 부를 이유도 없었겠죠."

이혁은 고개를 크게 끄덕이며 활짝 웃었다.

"역시 에이단. 너와 얘기하면 상황이 너무 분명해져서 좋다니까."

"그럼 나는?"

레나가 눈을 흘기며 이혁의 팔을 잡아당겼다.

"흐흐흐, 레나야 보는 것만으로도 행복해지지."

이혁은 낮게 웃으며 레나의 가슴에 눈길을 주었다. 말랑말랑하면서도 풍성한 느낌이 팔에 한가득 전해져 왔다.

레나의 표정이 묘해졌다.

"이래도?"

그녀는 이혁의 팔을 집어 들어 팔뚝을 꽉 깨물었다.

"으으윽!"

이혁은 어깨를 떨며 오만상을 찌푸렸다.

레나는 모션만 취한 게 아니라 정말로 깨물었다. 그걸 알면서도 이혁은 천강공으로 몸을 보호할 수 없었다. 그랬다가는 더 심한 꼴을 당할 게 뻔했으니까.

"이래도 행복해?"

이혁은 찡그린 인상을 억지로 펴고 웃는 표정을 지으며 대답했다.

"…뭐… 그렇기도… 하지… 않은 게 아니라……."

"무슨 소리야, 그게?"

레나가 눈을 동그랗게 뜨며 되묻자 이혁은 재빨리 시선을 에이단에게 옮겼다.

그의 표정이 진지해졌다.

"네 생각이 맞아."

여전히 이혁의 팔을 안은 채 레나는 그의 말에 귀를

기울였다.

장난은 끝이 났다.

이혁이 말을 이었다.

"다들 알다시피 5년 전, 난 무역 전시관과 갑하산에서 몬스터를 만나 싸운 적이 있었다. 사람의 모습이지만 겉만 그럴 뿐, 속은 완전히 다른 존재들이었지. 그 싸움이 있은 후 내가 이곳을 떠날 수밖에 없었다는 것도 다들 알 거야."

말을 하며 이혁은 발로 땅을 툭툭 걷어찼다.

"한국을 떠난 후 내 부탁을 받은 친구 편정호, 그리고 제이슨이 폐허로 변한 이곳을 조사했다. 그는 조사 결과를 내게 보내주었지. 아마도 마스터도 동시에 받았을 것으로 생각되지만 말이야. 당시 나는 제이슨이 준 정보가 무엇을 의미하는지 알지 못했다. 그러기에는 내가 너무 무식했지."

이혁은 쓰게 웃었다.

그의 말은 액면 그대로 진실이었다. 당시 그는 세계의 이면에서 어떤 존재들이 움직이고 있는지 알지 못했다. 진짜 무식했던 것이다.

에이단이 재미있다는 얼굴로 말을 받았다.

"그때는 켄이 너무 어렸잖아요."

이혁은 에이단을 보며 떨떠름한 말을 이었다.

"위로하는 거냐?"

"그렇게 들리셨으면 마음대로 생각하세요, 후후후."

"너를 보면 전혀 위로가 안 돼."

에이단은 마스터가 깊이 신뢰하는 능력자였다. 신중하고 영리할 뿐만 아니라 나이답지 않은 통찰력으로 마스터를 보좌했다.

이런 그의 나이는 5년 전의 이혁과 같았다.

이혁은 피식 웃으며 계속해서 말했다.

"외국에서 생활하면서 내가 얻은 정보 중에 몇 가지가 이곳과 관련되어 있었다. 그것들과 망치와 제이슨이 긁어모아 전해온 정보를 함께 분석한 후 나는 이곳이 무역전시관에서 내가 싸웠던 몬스터를 만든 장소라는 확신을 얻었다."

에이단을 비롯한 사람들의 안색이 딱딱해졌다. 팔을 잡고 있는 레나의 몸도 경직되는 느낌이 완연했다.

이혁의 말은 그 정도로 충격적인 것이었다.

그들이 충격을 받은 건 몬스터가 만들어진 초상 능력자라는 것 때문이 아니었다. 이 장소에서 만들어졌다는 말이 그들을 충격에 빠뜨린 것이다.

"당신들 정도라면 인위적으로 초상 능력자를 만드는 두 가지 방법에 대해 알고 있겠지?"

에이단과 줄리앙 등을 서로를 돌아보며 눈을 맞췄다.

이혁의 질문은 초상 능력자들에게 금기시 되어 있는 부분을 정면으로 건드리고 있었다.

줄리앙이 무거운 눈빛으로 이혁을 보며 고개를 끄덕였다.

"알고 있어. 이곳에서 그중 한 방법이 사용되었다는 건가?"

이혁은 고개를 끄덕였다.

에이단이 굳은 얼굴로 이혁에게 물었다.

"켄, 이곳에서 혈륜을 사용했단 말입니까?"

이혁은 고개를 끄덕였다.

"그래. 이곳은 혈륜을 돌려 몬스터들을 만들어낸 곳이야. 이제 내가 왜 당신들을 이곳으로 불렀는지 알겠지?"

줄리앙이 미간을 찡그리며 물었다.

"제이슨의 보고서에는 이곳에 머물던 자가 타이요우의 다이키 후지와라였다고 했다. 그럼 후지와라 가문이 혈륜을 돌렸다는 말이 되는데… 내가 알기로 그들은 혈륜을 돌릴 수 없어. 만약 그들이 혈륜을 돌릴 수 있었다면 그들이 보유한 전투 조직 타이료오바타가 세계 최강이 되었어야 하는데 그렇지 못하거든."

그가 짜증난다는 표정으로 이혁을 보며 말을 이었다.

"게다가 켄이 싸웠던 몬스터들도 혈륜으로 각성시킨 것들이 지녔다는 능력과 큰 차이가 났어. 정말 그들이 혈륜 각성자들이었다면 너는 그곳에서 죽었을 거야. 기분 나빠하지 마. 물론, 현재의 네 능력이라면 결과는 동일할 거야. 하지만 그때는 많이 약했잖아."

"당신의 말이 맞아. 그래서 조사해야 하는 거야. 내가 싸웠던 것들은 분명 혈륜에 의해 각성된 것들이었어. 하지만 나도 나중엔 그들의 능력이 전해지는 이야기에 미치지 못하다는 걸 알았지. 그 이유는… 그것들은 불완전했기 때문이야. 왜 불완전했을까?"

이혁이 빙긋 웃으며 줄리앙과 눈을 맞췄다.

그가 말했다.

"그게 이제부터 당신들이 조사해야 하는 거야. 흐흐흐."

*　　　*　　　*

[테드, 무슨 생각으로 켄에게 그 사진을 준 거죠?]

수화기에서 흘러나오는 목소리는 깨끗하고 맑았다. 듣는 사람의 가슴까지 시원하게 만들어주지 않을까 싶을 만큼 매력적인 음성이었다.

그러나 지금 그 목소리를 듣고 있는 사람은 그것을 전혀 매력적이라고 생각하지 않았다. 살기가 느껴질 정도로 차갑고 날카로운 분위기가 가득 담겨 있었으니까.

테드의 어깨가 움찔했다.

"크리스, 무슨 소리야? 내가 켄에게 무슨 사진을 줬다는 거야?"

[당신의 그런 태도, 정말 하나도 변하지 않았군요. 어떻게 이 상황에서 그런 말이 입에서 나오나요!]

"답답하네, 알아들을 수가 없다고. 난 정말 결백하다니까."

[후우… 정말 그 입을 꿰매 버리고 싶네요.]

테드는 움찔하며 비어 있는 손으로 입술을 매만졌다.

전화선 너머에 있는 여인, 독수리의 발톱 마스터, 크리스티나는 믿을 수 없을 정도로 아름다웠지만 일을 할 때는 전설 속의 악마가 울고 갈 정도로 냉혹했다.

그는 거대한 샹들리에가 달린 응접실의 천장을 올려다보며 난감한 기색으로 혀를 찼다.

자신이 켄을 만난 걸 크리스티나가 어떻게 알게 되었는지는 전혀 궁금하지 않았다.

그 정도를 모른다면 독수리의 발톱 수장이라는 이름이 부끄러울 테니까. 하지만 어떻게 사진에 대해 알게 되었는지는 정말 궁금했다.

그 사실은 켄과 리마, 그리고 자신만의 비밀이었다. 아니, 한 명이 더 있었다.

테드가 입을 떡 벌리며 물었다.

"설마, 당신 키안한테 들은 거야? 나 모르는 사이에 둘이 화해한 거야?"

[쓸데없는 소리 말고 어서 대답이나 해요!]

목소리의 톤이 높아졌다.

테드는 전화기를 귀에서 멀리 떼어내며 고개를 휘휘 저었다. 그가 세상에서 가장 상대하기 힘들어하는 사람이 지금 전화기 너머에서 불같이 화를 내고 있는 것이다.

그는 진심으로 궁금했지만 그것을 푸는 시기를 뒤로 미뤘다. 대답을 들을 수 있는 분위기가 아니었다. 대신 그는 풀이 죽은 얼굴이 되어 입을 열었다.

"믿어줘. 그 자식이 사진을 풀어버릴 거라고는 진짜 생각하지 못했다고……."

[하아… 켄이 어떤 사람인지 조사하지 않았어요? 조사했다면 그가 어디로 튈지 알 수 없는 성격의 소유자라는 것도 알았을 거 아녜요?]

"조사하긴 했지. 성격이 특이하다는 것도 알고 있었어. 하지만… 인정할게. 그 정도로 미친놈일 줄 몰랐던 내 실수야."

[앞으로 어떻게 할 거예요?]

"뭘?"

[혈륜은 불멸인자 연구에서 가장 중요한 마지막 두 파트 중 하나잖아요. 그런 혈륜을 돌릴 수 있는 키(Key)를 가졌던 건 이시이 시로와 가네마루 슈이치뿐이었고요. 오랫동안 둘 다 소재 불명 상태였죠, 단서도 없었고요. 그런데 이제 슈이치의 흔적이 한국에 나타났어요. 그 이름의 무게를 아는 자들이 어떻게 나올지는 뻔하잖아요. 그들은 슈이치가 남긴 것을 얻기 위해서라면 한국이라는 나라 자체를 지구상에서 지우는 짓도 아무런 망설임 없이 저지르고 남을 자들이라고요.]

여전히 차갑고 날카로운 목소리.

대화를 하며 어느 정도 평소의 기세를 되찾은 테드가 어깨를 으쓱했다.

“당신 뭔가 착각하고 있는 거 같은데 말이야. 내가 일을 벌인 게 아니라고. 그 자식이 벌였잖아. 그럼 책임도 그놈이 지는 게 정상이지.”

[예전이나 지금이나 당신은 정말 무책임하군요. 켄은 슈이치가 가진 게 무엇인지 알지 못하고 있어요. 그걸 가장 잘 아는 사람이 당신 아닌가요?]

“모르고 있었으면 책임이 면해지나? 그놈, 세상 그렇게 쉽게 사는 녀석이었어?”

[하아…….]

“걱정되면 당신이 좀 도와주던가. 그놈 일로 그렇게 열 낼 기운이 있으면 여기로 와. 오랜만에 같이 저녁이나 먹자고.”

[일없어요!]

“…….”

테드는 전화기를 귀에서 떼며 투덜거렸다.

“성질머리하고는……. 쩝, 반백 년이 넘는 세월이 지났으면 이제 좀 풀릴 때도 되지 않았나.”

그는 커다란 의자에 몸을 묻고 발을 앞의 탁자 위에

올려놓았다. 짜증을 내던 그의 입가에 흥미진진하다는 표정이 떠올랐다.

"그 자식, 판 제대로 벌이네. 감당할 자신이 있으니까 그랬겠지만 대체 왜 저렇게 행동하는 거지? 유인하고 있다는 걸 알겠는데 그 이유를 모르겠어. 뭐, 어쨌든 일단 구경부터 하고. 간만에 정말 재밌는 구경거리가 생긴 셈이니까. 그런데 크리스는 왜 저렇게 화부터 내는 거야. 예전에는 나보다 싸움구경을 더 즐겼으면서……."

그는 두 손으로 뒷머리를 받치며 계속 중얼거렸다.

"이시이와 가네마루……. 죽었을까? 죽지 않았다면 이번에 그들의 종적이 드러날까? 굳은 머리 굴리다가 터지는 놈들 많겠군. 지켜보는 재미가 쏠쏠하겠어, 후후후."

그의 입가에 유쾌한 미소가 떠올랐다.

* * *

상해 푸둥신구 루자쭈이 금융무역구.

상해의 심장이라고 불리는 이 거리는 까마득히 치솟은 마천루들이 즐비하게 늘어서 있다.

황푸강변가에 세워진 건물들 중 한곳에서 소름 끼치는 살기가 흘러나왔다. 77층의 고층 건물 최상층이었다.

중앙에 거대한 팔각 형태의 유리 탁자 하나만 덩그러니 놓여 있는 이곳은 사방의 벽이 컬러 유리창으로 되어 있었다.

창밖으로 황푸강과 상해의 랜드마크라는 동방명주, 그리고 병따개 건물이라는 별칭으로 유명한 상해 월드 파이낸스 센터가 한눈에 들어왔다.

전통 의상인 장삼과 창파오, 한복(漢服)을 입은 십여 명이 유리 탁자 주변에 둘러앉아 귀를 기울이고 있었다.

대부분 육십대가 넘어 보이는 그들은 하나같이 범상치 않은 기세를 품고 있었다.

입을 굳게 다문 채 그들의 시선을 한 몸에 받고 있던 상석의 노인이 천천히 말문을 열었다.

"이혁이라는 놈이 뿌린 것이라고?"

탁자 위에 올린 그의 손에는 한 장의 사진이 들려 있었다.

앞에는 작은 시냇물이 흐르고, 사방에는 위압적이지 않은 나무들에 둘러싸인 고즈넉한 분위기의 옛 정자.

금색 장삼을 걸치고, 긴 백발을 등 뒤에서 단정하게

묶고 가슴까지 드리우는 은빛 수염이 탐스러운 노인은 인간계에 내려온 신선처럼 느껴질 정도로 탈속한 기품이 느껴졌다.

하지만 노인의 눈을 보면 그 느낌은 단숨에 사라질 터였다.

흰자는 보이지 않고 핏물에 담갔다 꺼낸 것처럼 붉게 물든 노인의 두 눈은 지독한 살기와 음산함으로 가득 차 있었다.

지금 그의 시선은 사진 속 정자의 계단 옆면에 고정되어 있었다.

독백과도 같은 그의 질문에 오른쪽에 앉아 있던 한복 차림의 노인이 즉시 대답했다.

"예, 천주님."

"포일, 완기를 보낼 때 파리에서 혈수대를 궤멸시킨 놈일 뿐만 아니라 운기와 무린을 갑하산에서 죽인 게 이 놈이라고 했었던 걸로 기억하는데?"

"예, 그렇게 말씀드렸었습니다."

한복 차림의 노인, 앙천의 군사(軍師) 적포일이 무거운 얼굴로 대답했다.

중국 대륙의 암흑가를 지배하는 앙천의 당대 주인, 혈

안의 마제라는 공포스러운 마명(魔名)을 가진 적천휴는 눈을 감았다.

"운기와 무린, 혈수대와 혈우대 전원, 그리고 완기까지 죽인 놈이 내가 오랫동안 공들여 찾고 있던 자의 흔적까지 공개했다……."

그는 탐스러운 턱수염을 손으로 쓸며 말을 이었다.

"유혹… 인가……."

그의 핏빛 눈동자가 장내에 앉아 있는 사람들을 천천히 쓸 듯이 훑었다.

그가 적포일에게 물었다.

"군사."

"예, 천주님."

"이 이혁이라는 놈이 어떻게 슈이치의 흔적을 찾아냈을까? 운기와 무린을 잃은 후에도 우리가 태양회의 도움까지 얻어가며 수년 동안 조사했지만 아무것도 찾지 못했었는데."

"……."

적포일은 입을 열지 못했다.

그는 세상의 비밀에 대해 모르는 것이 거의 없는 인물이라 별명이 무불통지(無不通知)였지만 지금 적천휴가

한 질문의 대답은 갖고 있지 못했다.

“이놈이 가네마루 슈이치가 가진 비밀의 가치를 알고 있다고 보는가?”

“슈이치를 추적할 단서가 큰 가치를 갖고 있다는 건 알고 있는 것으로 생각됩니다. 하지만 슈이치가 가진 자료의 가치를 정확하게 알고 있지는 못할 가능성이 큽니다.”

“왜 그렇지?”

“만약 그놈이 슈이치가 가진 비밀이 혈륜이라는 걸 알고 있었다면 먼저 그것을 손에 넣으려 했을 것입니다. 불사의 존재로 갈 수 있는 열쇠 중 하나를 얻을 수 있는 기회를 다른 자들에게 나눠줄 사람은 없으니까요.”

적천휴는 고개를 끄덕였다.

그가 말했다.

“그렇다면 이놈도 아직 슈이치를 찾은 건 아니라고 봐야겠군.”

“그렇습니다. 슈이치를 찾았다면 그 비밀도 알게 되었을 테니까요. 그래도 그가 슈이치의 흔적을 손에 넣은 과정과 어디까지 조사가 진행되었는지는 반드시 확인해야만 합니다.”

"물론이다."

적천휴의 붉은 눈이 홍옥과도 같은 빛을 발했다.

그가 적포일에게 물었다.

"사령강마의 현재 위치는?"

"그것들은 이미 한국에 들어가 인천의 차이나타운에 마련된 안가에 머물고 있습니다."

"태양회에서 가네마루 슈이치에 대해 어느 정도까지 파악된 것으로 보이나?"

"소천주님이 한국에 가셨을 때 박대섭이 보였던 태도는 슈이치가 무엇을 갖고 있는지 알지 못하는 자의 그것이었습니다. 하지만 그가 여전히 그 이름의 가치를 모르고 있을 가능성은 극히 적다고 판단됩니다."

적포일은 적천휴의 기색을 살피며 말을 이었다.

"제가 파악한 박대섭은 초인 연구와 관련된 안건을 혼자 결정하고 처리하는 스타일은 아니었습니다. 그런 것들은 어딘가에 은둔하고 있는 박태호에게 숨김없이 보고하고 지시를 받는 자입니다. 5년 전, 그는 슈이치에 대해 박태호에게 보고했을 것이고, 이번 건 역시 마찬가지일 것입니다."

적천휴의 눈빛이 붉은 무저갱처럼 깊어졌다.

"박태호라… 그자라면 슈이치를 잘 알지. 그럼 자네는 이번 일에 박태호가 직접 나설 거라고 보는 건가?"

적포일은 고개를 끄덕였다.

"예, 그렇습니다. 그들의 안마당에서 벌어지고 있는 일입니다. 특히 박태호는 731부대의 초인 연구에 마루타를 적극적으로 공급하는 역할을 했던 자가 아닙니까. 그때 얻지 못했던 것을 손에 넣을 수 있는 기회를 방관하지는 않을 것입니다."

적천휴는 무표정한 얼굴로 창밖의 동방명주를 바라보며 중얼거렸다.

"흠, 그렇다면 태양회가 우리를 방해할 수도 있겠군."

"그렇게 생각하고 움직이는 것이 좋을 거라고 생각합니다."

"어제의 친구가 오늘의 적이라……. 그것도 나쁘지 않군. 어쩔 수 없이 보조를 맞추던 시절에도 박쥐처럼 구는 박태호의 행태가 그리 마음에 들지는 않았었지."

중얼거리던 그의 시선이 적포일을 향했다.

"군사."

"예."

"슈이치에 대해 알려면 이혁부터 잡아야겠지. 그 생각

을 우리만 하고 있는 건 아닐 것이고. 곧 한국 땅은 강자와 초인들이 우글거리게 될 게야. 그런 자들에 앞서 이혁을 잡으려면 불가피하게 희생이 발생할 테지. 열 구의 사령강마만으로는 충분하다는 생각이 들지 않는다. 연혼철신단을 기꺼이 복용할 지원자를 받아라. 인해전술이 필요한 순간을 대비하도록."

"알겠습니다, 천주님."

적천휴의 시선이 귀를 기울이고 있는 사람들의 눈에 화살처럼 꽂혔다.

적포일을 비롯한 이 자리의 십 인은 앙천 원로원을 구성하고 있는 인물들이었다. 그와 눈이 마주친 원로들이 고개를 숙였다.

적천휴가 입을 열었다.

"조직의 모든 역량을 한국에 집중한다. 그동안 한국 내에 구축한 인맥과 정보망을 총동원한다. 일차 지휘는 군사가 맡고 다른 원로들은 군사를 돕도록. 이번 미션은 아이들의 복수와 더불어 가네마루 슈이치가 남긴 것을 손에 넣어야만 끝난다. 그때까지 전 조직원은 언제든지 전투에 투입할 수 있는 태세로 대기한다."

후려치는 듯 단호한 어조.

그의 전신에서 장중한 위엄과 소름 끼치는 살기가 해일처럼 일어났다.

"존명(尊命)!"

열 명의 원로는 이마를 유리 탁자에 대며 크게 대답했다.

적천휴는 원로들을 돌아보며 천천히 탁자 위에 올려놓은 주먹을 거머쥐었다. 핏빛의 두 눈 깊은 곳에 거대한 탐욕과 야망의 불길이 시뻘겋게 타오르고 있었다.

제9장

강원도 함백산은 해발 1,573미터로 국내에서 여섯 번째로 높은 산이다. 하지만 이 산은 등산 코스가 너무 완만하고 근처에 편의 시설이 거의 없다시피 해서 세간에 많이 알려진 관광 명소는 아니다.

그래도 잊지 않고 이 산을 찾는 사람들이 꽤 있었다.

그건 이 산이 정상 근처까지 차량 운행이 가능한, 국내에 드문 산들 가운데 하나였기 때문이다. 정상에서 보는 경치도 일품이었고.

정상 부근의 주차장으로 사용되는 헬기장은 상시 차량 통행이 개방되는 곳은 아니다. 하지만 다행히 오늘은 개방되어 있어서 올라올 수 있었다.

평일이라 헬기장에는 주차된 차량이 보이지 않았다.

부우우웅—

거친 디젤 엔진음과 함께 외길을 올라온 회색 SUV 한 대가 헬기장에 주차했다. 차의 유리창과 외부에 뽀얀 먼지가 앉아 있어 먼 길을 왔음을 한눈에 알 수 있었다.

운전석 문을 열고 어깨와 가슴이 너무 튼실해서 목이 보이지 않는 남자가 내렸다. 산에 어울리지 않는 반팔 와이셔츠에 검은 정장 바지 차림의 남자는 편정호였다.

조수석에서도 젊은 남자가 내렸다. 선이 굵은 호남형의 남자, 이혁이었다.

그들의 눈앞에 파도처럼 넘실거리는 태백산맥의 준령이 한눈에 들어왔다.

편정호는 두 팔을 활짝 펴고 숨을 깊게 들이마시는 시늉을 했다. 두 시간 넘게 운전하고 오면서 답답하던 마음과 머리가 한결 맑아졌다.

"전망 죽이는군."

헬기장에서 함백산 정상까지는 걸어서 3분도 걸리지 않는다. 하지만 그들이 있는 곳에서도 태백산맥의 장엄한 자태는 충분히 감상할 수 있었다.

정상을 힐끗 한번 본 편정호는 가볍게 목을 좌우로 꺾었다.
우둑우둑.
보이지 않는 목 안에 들어 있는 뼈가 움직이며 경쾌한 소리가 났다.
이혁이 피식 웃으며 입을 열었다.
"그러다 목 부러지겠다."
"부러지든 말든 신경 끄시게, 친구. 내 거니까."
"립 서비스였다. 니 거라서 관심 없었어."
편정호가 이를 드러내며 으르렁거렸다.
"한 마디라도 좀 져봐라. 이 나이 어린 친구 놈아!"
이혁은 편정호의 반응을 완전히 무시하며 시선을 앞으로 돌렸다.
편정호는 으샤으샤하며 팔다리를 몇 번 흔들고는 이혁의 등을 툭 쳤다.
"그런데 진짜 나, 가도 되겠냐? 혼자서 괜찮겠어?"
이혁이 풀썩 웃었다.
"후훗, 없는 게 날 돕는 거다."
"쩝, 명색이 내가 대전 보스다, 임마."
"귀에 못이 박히게 들었거든. 널 무시하지 않아. 그런 걸 두고 볼 너도 아니고. 하지만 내 세계에는 발을 딛지 않는 게 만수무강에 이롭다. 이건 과장도 무엇도 아닌 부정할 수 없는 팩트야."

편정호는 어깨를 으쓱했다.

그는 이혁과 재회한 후 그와 함께 움직이기를 원했지만 그 바람은 이루어지지 않았다. 이혁이 허락하지 않은 것이다.

원망은 없었다. 그가 자신을 왜 전투에서 배제시키려 하는지에 대해서 충분히 설명과 함께 시범(?)을 듣고 보았기 때문이다.

이혁의 싸움은 다른 세계의 이야기였다. 그곳에서 그가 가진 주먹 실력은 개미의 몸부림보다도 못했다.

"쩝, 널 보면 가끔 내가 비참해진다. 어쩌다 내가 없는 게 나은 인간이 된 건지. 정말 빌어먹을이다. 뭐 그딴 세계가 다 있냐!"

편정호의 투덜거림에 이혁이 웃으며 말을 받았다.

"너는 최선을 다해서 나를 도와주고 있어. 이 이상 더 바랄 수도 없을 정도라고. 그러니까 자괴감 같은 건 가질 필요 없다. 그냥 세상이 불공평한 것일 뿐이야."

"괴상한 능력이 없으면 싸움도 제대로 할 수 없는 더

러운 세상!"

시원하게 투덜거린 편정호는 이혁을 마주 보며 웃었다.

그들은 서로의 마음을 잘 알았다. 더 이상의 말은 사족에 불과했다.

편정호가 차를 타며 말했다.

"간다."

이혁은 고개를 끄덕였다.

부우우웅—

거친 디젤 엔진 소리와 함께 편정호가 떠났다.

혼자가 된 이혁은 천천히 걸음을 옮겼다.

"이 근처라 이거지."

심드렁한 어투로 중얼거리며 오른쪽에서 왼쪽으로 전경을 훑어가는 그의 눈에 멀리 바람의 언덕이라는 이름이 붙어 있는 태백 풍력 발전 단지가 보였다.

"누나가 저곳을 기준으로 삼으라고 했는데……."

그는 어제저녁에 시은과 나누었던 대화를 떠올렸다.

지난 5년 동안 시은은 해외에 은둔해 있었다. 하지만 숨어 있기만 한 건 아니었다. 단기간에 전투력을 확보하는 건 어렵다는 걸 잘 아는 터라 그녀는 국내외에 정보망을 구축하는데 전력을 다했다.

정보망에 국한한다면 그녀는 지난날의 진혼이 가졌던 것보다 질과 양에 있어 두 배가 넘는 정보망을 확보하는 데 성공했다.

탁월한 정보망을 확보한 그녀가 놀고 있었을 리는 만무한 일.

그녀는 끈질기게 태양회를 추적했다. 그리고 외부에 드러난 태양회 소속의 거물 중 상당수를 파악해 놓았다.

마음 같아서는 그들의 씨를 말리고 싶었지만 그녀는 인내했다. 그런 능력을 갖고 있지도 않을 뿐만 아니라 시기가 적절하지 않다는 것을 너무도 잘 알고 있었기 때문이다.

전투력에 있어서 현재의 진혼은 태양회와는 비교할 수 없는 열세에 처해 있었다. 지금 태양회를 공격하는 건 자살행위가 될 수밖에 없었다.

복수를 위해, 그리고 진혼을 창설한 선대들이 가졌던 뜻을 이루기 위해서는 이혁의 전투력이 반드시 필요했다.

그녀는 결국 이혁과 만날 수 있었다. 그리고 그녀와 헤어져 있던 동안에 그가 겪은 이야기를 들은 후, 자신의 결정이 얼마나 현명한 것이었는지를 알 수 있었다.

세상의 이면에는 그녀가 알지 못했던 부분들이 너무

많았다. 그리고 그것들은 베틀의 날줄과 씨줄처럼 복잡했으며 또한 연결되어 있기도 했다.

무엇보다도 그곳에는 그녀가 어렴풋이 몬스터에 가까운 존재로 알고만 있던 초인이라는 이 세계의 어펜더(Offender:반칙자)들이 우글거렸다.

이혁은 그녀에게 형들이 발견했고 그래서 죽어갔던 태양회의 연구소가 731부대의 비밀 연구 시설에서 나왔던 연구 자료를 토대로 생체 실험을 하는 곳으로 추정된다는 얘기해 주었다, 태양회와 싸우기 위해서는 그것들부터 찾아내 박살내야 한다는 말과 함께.

다행히 그녀가 태양회를 추적, 조사한 내용 중에는 그들의 연구실로 의심되는 곳에 대한 정보가 들어 있었다.

그녀는 즉시 의심스러운 장소에 대한 집중적인 조사를 시작했고, 어젯밤 그 결과를 이혁에게 말해줄 수 있었다.

오늘, 이혁은 시은이 건네준 정보를 갖고 이 자리에 왔다.

시선을 이리저리 옮기자 다른 방향으로 사북과 정선의 강원랜드도 보였다.

편정호가 탄성을 토해낸 것처럼 전망은 정말 좋은 곳이었다.

“탄광이 밀집해 있던 지역이라… 뭘 숨기기에는 제격이라고 할 수 있는 곳이긴 하지. 그런데 어느 탄광이려나.”

이혁은 허리 뒤춤에서 커다란 종이 뭉치를 꺼내 펼쳤다.

함백산을 중심으로 인근 지역이 상세하게 그려진 정밀 지도였는데 곳곳에 찍혀 있는 여러 개의 붉은 점이 인상적이었다. 그 붉은 점들은 예전에 탄광이 있던 곳을 의미했다.

이혁은 자신이 있는 헬기장과 바람의 언덕을 가상의 선으로 연결했다. 그 선에서 좌측 70도 방향의 사선으로 눈을 움직이자 깊은 계곡이 보였다.

그는 손에 든 지도에서 계곡을 찾았다. 지도상의 계곡이 있는 지점에 선명하게 찍혀 있는 붉은 점이 눈에 들어왔다.

계곡은 다른 곳에서는 쉽게 눈에 들어오지 않았다. 이혁이 있는 함백산의 헬기장, 그것도 지금 서 있는 방향에서 보아야만 확실하게 볼 수 있었다. 마치 누군가 일부러 숨기려고 만든 게 아닐까 의심스러울 정도로 지형이 묘했다.

고개를 들어 계곡을 보는 이혁의 눈빛이 강해졌다.

‘태양회 소속으로 의심되는 국내 최고의 뇌과학자 이종근을 비롯한 각 분야에서 손꼽히는 과학자들의 모습이 여러 차례 목격된 지역, 폐광인데도 은밀하게 움직이는 사람들의 모습이 보이는 곳… 게다가 이곳을 중심으로 반경 10킬로 이내에서 발생하는 실종 사건의 수가 다른 곳의 세 배가 넘지만 그에 대한 수사는 거의 이루어지지 않고 있지. 한국 내에 이런 지역을 또 찾을 수는 없었다는 게 누나의 결론이었고.'

마음을 정한 그의 모습이 바람의 언덕 방향으로 움직였다. 발을 떼자마자 그의 몸은 햇살 속으로 녹아들듯이 투명하게 변했다.

암왕사신류의 은신비기, 극에 이른 암향부동과 사신암행이 동시에 펼쳐졌다.

이혁의 한 걸음에 십여 미터의 거리가 뒤로 밀려났다.

가파른 비탈과 울퉁불퉁한 바위들이 앞을 막았지만 그를 방해할 수는 없었다. 그는 자연이 만든 장애물들을 아무런 어려움 없이 건너뛰며 목표를 향해 빠르게 다가갔다.

목적지에 도착할 때까지 걸린 시간은 채 10분도 되지 않았다. 산속에서 1킬로미터가량의 거리를 이동했는데도 숨결은 고요함을 유지했다.

암향부동은 몸을 감추는 기법이고, 사신암행은 짧은 거리를 은밀하게 이동하기 위해 만들어진 절기였다.

둘 다 극에 이른다고 해서 장거리를 이렇게 빠른 속도

로 움직일 수는 없었다.

이혁의 이동속도는 무예가 아닌 순수한 신체 능력에 기인한 것이었다.

문파의 심공들이 절정에 도달하며 암왕경을 이룬 후 그의 신체는 질적인 변화를 일으키고 있었다.

세포 단위에서 진화라고 해도 이상하지 않을 현상이 진행되고 있는 중이었다. 변화는 느리지만 끊김 없이 진행되었고, 시간이 갈수록 신체 능력은 자신도 놀랄 정도로 강해져 갔다.

이혁도 그것을 알고 있었다.

그는 이 몸의 변화를 무예계에 전설로 전해 내려오는 환골탈태가 아닐까 생각하고 있었다.

궁금했지만 그는 아무에게도 이것에 대해 이야기하지 않았다, 테일러와 제이슨은 물론이고 시은에게도.

병원에 가서 어떤 변화가 일어나고 있는지도 확인할 수 없었다.

그는 자신이 실험실의 몰모트처럼 구경거리가 되는 위험을 감수할 생각을 전혀 갖고 있지 않았으니까. 게다가 아직까지 변화로 인해 해를 입은 것이 없고 오히려 몸의 기능들이 점점 더 강해지고 있다는 걸 아는데 굳이 여기저기 광고할 필요는 없는 것이다.

목표로 삼은 계곡의 오른쪽 능선을 따라 이동한 이혁은 커다란 나무 그늘 아래서 걸음을 멈췄다.

찾고자 했던 곳이 십여 미터 아래에 보였다.

'자식들, 은폐하려고 꽤나 공을 들였구만.'

길을 모르는 사람이 정상적인 방법으로 계곡의 입구를 찾는 건 거의 불가능에 가까웠다.

인가와 연결된 길은 자연스럽게 위장된 흙과 바위, 울창한 나무들이 곳곳에서 시야를 가로막으며 길을 끊고 있었다.

폐광의 입구도 마찬가지였다.

그곳은 거대한 넝쿨과 나무, 바위로 가려져 있었고, 그 앞의 마당이 있었다고 생각되는 곳에도 나무들이 빽빽하게 심어져 있었다.

이곳을 만든 자들은 지형지물을 이용해 외부의 시선을 차단하는 데 그치지 않았다.

이혁이 서 있는 곳 바로 아래 벽면에 열 탐지가 가능한 장비와 감시 카메라가 돌아가고 있었다. 설치된 장비는 수십 개였다. 그것들의 이동 각도는 빈자리 없이 겹치고 있어서 사각은 존재하지 않았다.

이혁의 입가에 흐릿한 비웃음이 떠올랐다.

이런 유형의 감시 장비는 그에게 전혀 효과가 없었다. 그는 이보다 더 첨단의 감시망으로 둘러싸인 곳도 침입한 경력이 있는 것이다.

이혁은 몸을 날렸다.

깃털처럼 둥실 떠오른 그의 몸이 천천히 폐광의 입구 근처로 떨어져 내렸다.

모습도 보이지 않았고, 소리도 들리지 않았다.

지면에 발을 디딘 이혁은 절벽의 벽면을 따라 천천히 이동했다. 모습을 감추고 기척을 죽였지만 그의 움직임은 신중했고, 방심한 기색도 보이지 않았다.

시은이 준 정보는 장소에 대한 것이 다였다. 이 안에 무엇이 있는지 까지는 조사하지 못한 것이다.

이혁이 뛰어난 전투력을 가진 건 사실이지만 적 또한 초인 연구를 수십 년 동안 지속해 온 자들, 만만하게 생각할 상대가 아니었다. 그리고 정보가 불확실한 상태에서 방심하는 건 바보나 하는 짓이었다.

입구까지 접근하는 데 1분도 걸리지 않았다.

두께가 어느 정도인지 알 수 없는 특수 합금으로 문을

만들어서 막은 후 그 위를 넝쿨로 가린 동굴의 입구는 1톤 트럭 한 대가 간신히 들어갈 수 있을까 싶을 정도로 작았다.

요소요소에 감추어져 있는 여러 대의 감시 카메라가 보였지만 경계병은 없었다.

깊게 가라앉은 이혁의 두 눈에 서늘한 기운이 아지랑이처럼 감돌았다.

'안쪽에 열둘…….'

그는 속으로 혀를 찼다.

'무예를 제대로 훈련받은 놈들이다. 화약 냄새도 진하게 나고…….'

문 너머에서 들려오는 숨소리는 깊고 고요했다. 호흡에서 오랫동안 혹독한 훈련을 거친 자들의 힘과 기세가 느껴졌다.

'달가운 상황은 아니로군그래.'

안쪽에서 무엇이 기다리고 있을지는 대충 짐작이 갔다.

합금 문 앞에 도착한 그는 천강귀원공의 금강결로 몸의 내외부를 보호하며 활짝 편 양손을 문에 가져다 댔다.

금속의 차가움이 손바닥을 타고 몸에 전해졌다. 동시에 문의 구조가 그의 심상에 선명한 형태로 떠올랐다.

손바닥이 문에 닿은 찰나의 순간에 그는 기를 문 전체에 보내 정보를 모은 것이다.

그의 입매가 꿈틀거리며 흐릿한 미소가 떠올랐다.

'25센티미터 두께라… 혈조의 최대 길이와 비슷해. 나쁘지 않군, 후후후.'

단전에서 일어난 두텁고 끈질긴 기운이 어깨를 타고 팔뚝을 지나 손바닥으로 파도처럼 밀려들어 왔다.

손바닥의 중앙, 장심이라 불리는 곳에 모인 기운은 암왕사신류의 전투기법, 혈우팔법에 속한 절기의 흐름을 따라 가공할 기세와 함께 손밖으로 뛰쳐나갔다.

산을 사이에 두고 그 뒤에 있는 소를 친다는 격산타우(隔山打牛)의 원리를 기반으로 만들어진, 공간이 이어진 곳이라면 그것을 따라 아홉 번에 걸친 연쇄 타격이 가능한 암왕류의 초절기 구겁천뢰탄이 시전된 것이다.

혈우팔법 중에서도 가장 막대한 공력의 소모가 뒤따르는 절기지만 이혁에게서 부담스러워하는 기색은 보이지 않았다.

지난 5년의 고행은 헛되지 않았다.

쉬지 않고 여러 번을 계속 시전해야 한다면 몰라도 한두 번 정도는 이제 별 어려움 없이 전개할 정도는 되는 것이다.

구겁천뢰탄을 시전한 이혁은 지체 없이 손을 떼며 손가락을 활짝 폈다.

그의 손가락 끝에 있던 공간이 사각거리며 밀려나는 듯하더니 아무것도 없던 허공에 반투명한 핏빛 광채가 점점이 떠올랐다.

암왕사신류의 대체불가 마병(魔兵) 환상혈조였다.

이혁의 손가락 움직임에 따라 환상혈조가 합금 문에 커다란 원을 그렸다.

문을 파고들며 움직인 환상혈조가 처음 자리로 돌아오자마자 이혁은 손바닥을 붙인 원의 중앙을 슬쩍 밀었다.

스르르륵!

들릴 듯 말 듯한 작은 소리와 함께 지름 1미터가량의 구멍이 났다.

타타타타타타탕!

팅팅팅팅팅팅팅!

귀청을 찢는 총성과 함께 사방으로 튕겨 나가는 탄환의 불꽃이 동굴 내부를 가득 채웠다.

환상혈조로 베어낸(?) 두꺼운 합금 문을 방패처럼 들어 앞을 막은 채 동굴로 들어선 이혁의 입가에 싱긋 미소가 떠올랐다.

총알들은 그가 들고 있는 문의 방패에 막혀 아무런 타격도 주지 못했다.

철벅철벅.

걸음을 옮길 때마다 발밑에서 진득한 물기가 섞인 소리가 났다. 시선을 내린 이혁은 구섭전뢰탄이 만들어낸 살풍경한 모습을 볼 수 있었다.

동굴 내부는 지옥을 연상케 했다.

바닥에는 핏물이 시냇물처럼 흘렀고, 벽과 천장엔 조각난 살점과 뼈들이 아무렇게나 달라붙어 있었다. 그래서 동굴이 본래 어떤 모습이었을지를 알아보는 건 쉬운 일이 아니었다.

꺾어진 동굴의 안쪽에서 총을 쏴대고 있는 자들은 셋이었다. 열둘 중 살아남은 것 그들뿐인 것이다.

이혁은 혀를 찼다.

'총만 갖고 있는 거야? 무장 상태가 너무 볼품없는데? 진혼이라는 적이 사라지고 나니까 경계할 필요도 없다고 생각한 거냐? 괴물들이 우글거리는 이 험한 세상에서? 니들 수뇌부는 닭대가리냐?'

수류탄이나 크레모아라도 들고 있었다면 그에게 약간

이나마 귀찮음을 더해줄 수 있었을 텐데, 저들은 그런 무기를 갖고 있지 않았다.

"으아아아아아!"

비명과도 같은 고함을 지르며 이혁에게 총을 쏘고 있는 자들의 얼굴에는 대낮에 귀신을 본 사람의 그것과 같은 표정이 떠올라 있었다.

사실 그들의 눈에는 이혁이 귀신으로 보일 수밖에 없었다.

모습 자체가 보이지 않았으니까.

두꺼운 합금 문이 저 혼자 둥글게 떨어져 나가더니 허공에 둥둥 뜬 채 자신들이 있는 곳으로 다가서고 있었다.

그것이 지금 그들의 눈에 보이는 광경이었다.

지름 1미터 두께 25센티미터의 합금 덩어리는 빗발치듯 쏟아지는 총알을 온몸으로 막아내며 묵묵히 앞으로 전진했다, 총을 쏴대는 세 명의 경비부대원들 앞까지.

타타타타타타탕!

경비부대원들은 총을 쏘며 정신없이 뒤로 물러났다.

그 와중에도 선임으로 보이는 자는 귀에 꽂고 있는 무선통신 장비로 상부와 계속 교신하고 있었다.

"씨발… 저걸 어떻게 막으라는 거야!"

상부의 지시를 접수한 사내가 악을 쓰듯 소리를 질러댔다.

좌우에 있던 자들이 동시에 그를 힐끗거렸다.

그가 총을 쏘며 씹어뱉듯 말했다.

“지원을 보낼 테니까 도착할 때까지 막으란다!”

오른쪽에 있던 자가 시퍼렇게 질린 얼굴로 정면을 보며 악을 써댔다.

“그런… 물러나야 합니다, 조장. 뭐가 보여야 막든지 말든지 하죠!”

“내 말이… 씨발!”

조직에 대한 그들의 충성심은 의문의 여지가 없을 만큼 굉장히 강했다. 그런 자들이기에 입구의 경계조에 편성될 수 있었다.

그런 그들도 지시를 내린 상부자에 대한 욕이 저절로 나왔다. 눈앞에 닥친 현실은 충성심으로 반전시킬 수 있는 상황이 아니었기 때문이다.

혼란과 망설임, 상부자에 대한 분노, 보이지 않는 적에 대한 그들의 공포와 좌절은 씁쓸할 정도로 간단하게 정리되었다.

어느새 거리를 좁힌 이혁이 합금 덩어리를 그들에게

집어던지며 달려든 것이다.

쓰와아앙—

수평으로 공간을 가로지른 합금 덩어리는 사내들 중 한 명을 덮쳤다. 적게 잡아도 200킬로가 넘어 보이는 합금 덩어리는 공깃돌처럼 가볍고 빠르게 날아들었다.

표적이 된 사내의 안색이 흙빛이 되었다. 합금 덩어리가 날아오는 속도가 너무 빨라 피할 수 없다는 것을 직감했던 것이다.

"으악!"

콰직!

푸확!

뼈와 살이 으스러지는 소리와 함께 핏물이 사방으로 튀었다.

타타타타타탕!

남은 두 사내는 이를 악물며 방패가 있던 곳에 총질을 해댔다. 그것이 그들이 할 수 있는 최선이었다. 하지만 불행하게도 이혁은 그들의 최선이 통할 상대가 아니었다.

반투명한 홍광이 환상처럼 허공에 기묘한 곡선을 그려냈다. 곡선이 완성되기 전 동굴에는 목이 잘린 두 구의 시체가 늘어났다.

이혁은 피로 물든 복도를 뒤로하고 걸음을 옮겼다.

핏물이 튀지 않은 복도는 흰색의 대리석으로 사방이 덮여 있었다. 천장에 죽 이어 설치되어 있는 등은 LED였고.

천장 구석구석에서 소리 없이 돌아가고 있는 감시 카메라들이 보였다. 적외선 감지 장치들도 가동된 듯 이혁은 자신의 몸을 관통하고 있는 종횡으로 얽힌 붉은 선들을 볼 수 있었다.

아무것도 없던 허공에서 사람의 형체가 나타났다.

이혁이 모습을 드러낸 것이다.

암향부동과 사신암행을 푼 그는 카메라를 보며 가운데 손가락을 들어 올려 'Fuck you'를 한 번 먹이고는 싱긋 웃어주기까지 했다.

복도는 10미터마다 방향을 꺾었다.

바람처럼 20미터를 전진하며 두 번을 더 방향을 바꾸자 움직이고 있는 엘리베이터가 나타났다.

무언가를 싣고 올라오는 중이었는데 아직 그것은 도착하지 않은 상태였다.

이혁은 피식 웃었다.

'느리군.'

이혁의 꼿꼿이 세운 손끝이 움직이며 환상혈조가 엘리베이터의 꼭 붙어 있는 개폐 지점을 두부처럼 파고들었다.

스읏. 스읏!

이번에는 직사각형 형태로 금속 문이 떨어져 나갔다.

시선을 아래로 내렸지만 바닥이 바로 눈에 들어오지는 않았다. 엘리베이터는 생각보다 깊은 곳까지 내려가는 듯했다.

'이곳은 장비에 대한 의존도가 너무 높아. 경계 시스템을 만들 때 나 같은 사람은 염두에 두지 않았던 것 같군.'

이혁의 추측은 반만 옳았다.

이곳을 만든 자는 최고 수준의 무인과 초상 능력자의 침입도 염두에 두었다. 하지만 이혁은 그가 기준으로 잡았던 침입자의 능력을 너무 많이 뛰어넘어 버렸다. 기준에 맞춰 준비해 놓은 장비와 사람을 무용지물로 만들 정도로.

이혁이 내려다보고 있는 동안 작게 보이던 엘리베이터는 곧 그의 발 근처까지 올라왔다.

기이이잉―

승강줄이 계속 움직이며 올라온 엘리베이터가 이혁의 무릎을 지나려 할 때 그가 발끝으로 출입구를 세차게 걷어찼다.

쾅!

쿵쿵쿵쿵!

벼락치는 소리와 함께 엘리베이터가 지진을 만난 것처럼 이리저리 흔들리며 벽과 충돌했다.

막대한 충격에 어딘가가 잘못된 듯 엘리베이터는 이혁의 가슴 근처까지 올라오고는 그극거리는 소리만 낼 뿐 더는 상승하지 못했다.

이혁은 발바닥으로 한 번 더 세차게 엘리베이터를 걷어찼다.

꽈앙!

쿠쿵쿠쿵!

벽과 이리저리 부딪친 엘리베이터는 금방이라도 추락할 것처럼 뒤흔들렸다. 흔들리는 엘리베이터의 문 중앙은 움푹 패었다. 이혁의 발에 걷어차인 부위였다.

이혁의 입가에 차가운 미소가 어렸다.

"나와라!"

나직하지만 막대한 힘이 실린 목소리.

콰직!

그의 말이 신호라도 된 것처럼 엘리베이터의 천장이

갈라지며 번개처럼 무언가가 튀어나왔다.

솜털까지 곤두서게 만드는 음산한 살기와 코를 찌르는 악취가 복도를 뒤덮었다.

이혁의 두 눈에서 시퍼런 섬광이 이글거렸다.

튀어나온 자들은 전투용 검은 헬멧과 고글을 쓰고 발끝까지 특수한 소재로 만든 검은 전투복을 입은 자들이었다.

튀어나오자마자 영화 속의 스파이더맨처럼 측면의 벽을 박차며 이혁에게 쇄도해 오는 자들의 손에 들린 건 구르카 용병들이 사용하는 쿠크리였다.

여섯 자루의 쿠크리가 시퍼런 섬광을 뿌렸다.

쐐애애액—

칼의 궤적을 따라 날카로운 소리와 함께 공기가 비단폭처럼 찢겨 나갔다.

그들의 움직임과 칼의 속도는 보통 사람의 눈으로는 볼 수도 없을 만큼 빨랐다. 하지만 이혁에게 그 속도는 오히려 느렸다.

이혁은 그들의 움직임을 동영상의 프레임처럼 끊어서 볼 수도 있었다. 그것이 의미하는 바는 무서운 것이었다.

이혁이 양손을 들었다.

허공에 반투명한 홍광의 오오라가 펼쳐졌다. 선홍의 빛으로 만들어진 벽이 이혁의 앞에 병풍처럼 드리워졌다.

썩둑썩둑썩둑!

푸화아아악—

무엇인가가 잘려 나가는 소리와 함께 이혁의 앞에 검은색을 띤 핏물이 폭포수처럼 솟구쳤다. 그를 향해 달려들던 셋은 보이지 않았다. 그의 발 앞에 일정한 크기로 잘려 나간 살덩이들만이 수북하게 쌓여 있을 뿐이었다.

한여름에 며칠 동안 방치되어 구더기가 들끓는 시체에서나 날 법한 악취가 공간을 가득 채웠다.

이혁은 코를 살짝 찡그리며 나직하게 중얼거렸다.

"지저분한 것들, 먼저 가서 자리나 잡아놓아라. 곧 너희들의 동료가 무더기로 뒤를 따를 테니까."

거대한 센터의 정면 전체를 꽉 채우고 있는 수십 개의 거대한 화면 중 절반 이상이 온통 검붉은색으로 물들었다.

공포 영화의 한 장면을 연상시킬 정도로 그로테스크한 색채로 물든 지역은 지상이었다.

정적이 흐르는 그곳에 살아 움직이는 건 블랙진바지에

앞뒤로 혀를 빼 문 해골이 장난스럽게 그려진 티를 입고 있는 젊은 남자뿐이었다.

가슴께에서 멈춰선 엘리베이터를 발로 툭툭 걷어차던 남자가 감시 카메라가 있는 곳을 보며 흰 이를 드러내며 싱긋 웃었다. 그리고 윙크했다.

무겁게 가라앉은 얼굴로 화면을 지켜보던 자들의 가슴이 쿵 소리와 함께 내려앉았다. 그들은 윙크와 미소가 칼보다 더 무서운 느낌을 줄 수 있다는 걸 처음으로 알게 되었다.

센터 내에 있는 사람의 수는 30명가량이었다.

20여 명은 자리에 앉아 장비를 조작 중이었고, 십여 명은 서서 화면을 지켜보고 있었다. 서 있는 자들은 가운데 있는 백발의 사내를 중심으로 좌우에 늘어서 있었다.

감색의 양복을 잘 차려입은 백발의 사내는 키가 컸다. 얼핏 보아도 190센티미터가 넘어 보이는 장신이었다. 반면 체중은 극단적으로 적어서 뼈 위에 가죽을 덮어씌운 것처럼 보였다.

얼굴도 가늘고 긴 데다 좌우에 있는 사람들보다 두 배는 높은 코는 중앙이 매처럼 구부러진 매부리코였다.

그리고 눈은 떴는지 감았는지 알기 어려울 정도로 가

늘었다. 그 가는 눈이 깜박일 때마다 뱀처럼 차갑고 서늘한 빛이 흘러나왔다.

그가 30년이 넘는 세월 동안 이 센터의 책임자로 일해온 이호열이었다.

ㄷㄷㄷㄷㄷㄷ—

센디의 정석은 이호열의 호주머니에서 들려오는 진동에 깨졌다.

그는 스마트폰을 꺼내 수신 버튼을 눌렀다.

대화는 몇 마디 오가지 않고 끝났다.

그의 오른쪽에 서 있던 오십대 남자가 조심스럽게 물었다.

"센터장님, 뭐라고 하십니까?"

그는 이호열의 측근인 김동수였다.

"사수."

이호열의 답변은 간결했다.

최동수의 얼굴이 어두워졌다.

"센터장님, 며칠 전 회장님 명령으로 특급 에스퍼들은 전부 외부로 나갔습니다. 남은 건 완성되지 않은 실험체들과 1급 이하의 에스퍼들뿐입니다. 그들만으로 저자를 막을 수 있겠습니까? 투명화 능력자인 데다가 1급 에스퍼 셋이 저항도 하지 못하고 단숨에 썰릴 정도의 전투력까지 보유하고 있는 자입니다."

"특급 에스퍼들이 헬기를 이용해 최고 속도로 오고 있다. 그들이 도착할 때까지는 무슨 수를 써서든 버티라는 것이 회장님의 지시다."

그 말을 들은 사람들의 얼굴에 안도의 기색이 떠올랐다.

이호열이 말을 이었다.

"상부에서는 저놈이 누군지 이미 알고 있었다. 이름은 이혁, 특급 에스퍼들이 외부로 나간 것도 저놈 때문이라고 한다."

센터에서는 모습을 드러낸 이혁의 모습이 찍힌 영상을 바로 상부로 전송했다. 그 영상을 본 수뇌부 인물들 중 한 명이 이혁의 정체를 알아본 것이다.

"아……!"

생각지도 못한 말에 사람들은 놀라 신음과도 같은 탄성을 토하며 눈을 크게 떴다.

이호열의 가는 눈에 지독한 살기가 떠올랐다.

"실험체를 포함한 모든 에스퍼를 총동원한다. 그리고 경비부대로 그들의 뒤를 받친다. 이곳에서 벌어지는 모든 일은 실시간으로 상부에 전송되고 있다. 한 번의 실수가 자신에게 어떤 결과를 가져올 것인지를 잊지 마라.”

그의 말이 끝난 후 바쁘게 지시를 내리는 부하들의 목소리로 인해 센터가 어수선해졌다.

그 와중에 이호열은 왼쪽에서 말없이 서 있던 삼십대 후반으로 보이는 장년인과 눈을 마주쳤다. 그는 김동수와 함께 이호열의 최측근인 윤호였다.

이호열이 그의 귀에 대고 나직하게 말했다.

“만약을 준비하게. 무슨 일이 있어도 저놈을 잡아야 하네.”

윤호는 어깨를 흠칫했다가 곧 고개를 숙였다.

“알겠습니다, 센터장님.”

엘리베이터는 고장 났지만 이혁이 지하로 내려가는 건 일도 아니었다.

승강줄을 잡은 이혁은 손바닥을 천강공으로 보호하며 힘을 뺐다. 줄과 그의 손바닥 사이에는 텅 빈 공간이 있었다.

손끝이 붙어 있어 줄을 놓치지는 않았지만 잡고 있다고 말하기는 애매한 상태.

쐐애애액—

얼마나 빨리 떨어지는지 귀를 먹먹하게 하는 파공음과

함께 이혁의 머리카락이 깃발처럼 펄럭이며 위로 곤두섰다.

무표정한 얼굴로 아래를 내려다보는 이혁의 눈 깊은 곳에 눅진눅진한 살기가 드리워졌다.

'진혼과의 싸움에 발을 담갔던 놈들은 내 손에 모두 죽는다. 예외는 없다. 그 결과가 이 나라를 시산혈해로 덮는 것이더라도.'

점점 커져 가는 바닥을 보며 그는 그를 모르는 사람이 들었다면 미친놈이라고 비웃었을 게 분명한, 하지만 그를 아는 사람이라면 온몸에 소름이 돋았을 생각을 하고 있었다.

내려가는 길에는 감시 카메라가 없었다. 그러나 안에 있는 자들이 그의 하강을 모르고 있을 리는 없었다.

그의 생각처럼 바닥이 가까워지자 위에서 죽였던 자들에게서 났던 악취가 다시 코를 찔러왔다.

타타타타타탕—

어둠에 잠긴 아래쪽에서 날카로운 총성과 함께 불꽃이 어지럽게 튀었다.

이혁은 승강줄을 잡고 있던 손을 완전히 놓았다.

부유하듯 허공에 뜬 그의 몸이 둥글게 말리는가 싶더

니 투명해지며 사라졌다.

총을 쏘던 자들의 얼굴이 사색이 되었다. 그들도 지상에서 벌어졌던 전투 장면을 보았다. 그때도 자신들의 눈을 의심했는데 이제 그것을 코앞에서 보게 된 것이다.

그들이 쓰고 있는 헬멧에는 적외선 망원경이 달려 있었다. 그것은 정상 작동하고 있는 중이었다. 그러나 적은 그것에도 잡히지 않았다.

총알을 빗발치듯 공간을 가로질렀지만 이혁은 벽에 붙어 내려오며 그것들을 피했다.

간간이 몸에 맡는 것들도 있었다. 그러나 그 총알들은 절정에 도달한 천강귀원공 금강결로 보호되고 있는 그의 피부를 뚫지 못했다.

경비 부대의 리더가 소리쳤다.

"철수!"

그들 뒤의 문이 열리며 환한 빛이 새어 들어왔다.

위를 향해 정신없이 방아쇠를 당기던 자들이 썰물처럼 물러났다.

그들이 있던 자리를 몸에 달라붙는 검은색 전투복을 입은 자들이 채웠다. 그리고 문이 닫히며 빛이 사라졌다.

코가 썩어 들어갈 것만 같은 악취를 풍기는 자들.

이혁은 암향부동을 풀었다.

지면에서 3미터 떨어진 상공에 그의 모습이 허깨비처럼 불쑥 나타났다.

아래서 대기하고 있던 자들의 수는 넷이었다. 공간이 좁아 더는 같은 편의 움직임에 방해가 될 수 있어 그 수만 투입된 것이다.

그들도 쿠크리를 닮은 단검 두 자루씩을 들고 있었다.

이혁은 선글라스로 가려진 그들과 눈을 맞췄다. 썩은 동태눈처럼 빛을 잃고 있는 그들의 눈에서 느껴지는 감정은 오직 그를 향한 맹렬한 살기뿐이었다.

이혁은 그 눈동자가 익숙했다.

아직 미숙하던 5년 전 몇 번이나 경험했던 눈이지 않은가.

'만들어진 자들.'

그의 몸이 순간적으로 몇 톤 무게로 변했다.

천근추(千斤錘).

찰나지간에 이루어진 막대한 무게의 증가는 하강 속도의 급변을 불러왔다.

이혁의 모습이 3미터 위 허공과 지면에 동시에 나타나는 듯한 착시 현상이 일어났다.

콰앙!

무서운 속도로 떨어져 내린 그의 두 발이 지면에 닿자 폭탄이 터지는 듯한 굉음과 함께 건물이 흔들렸다. 그리고 자욱한 먼지가 회오리를 치며 공간을 메웠다.

어둠에 먼지가 더해지자 사방은 1센티미터 앞도 보기 어려워졌다. 그러나 이혁도 태양회의 에스퍼들도 시력에 의존해서 움직이는 존재들이 아니었다.

넷은 이혁이 있는 곳을 향해 가공할 기세로 단검을 휘둘렀다. 그러나 그들의 반응 속도는 이혁에 비해 너무 느렸다.

반투명한 홍광이 허공을 이름 그대로 환상처럼 가로질렀다.

푸확!

목을 떠난 네 개의 머리가 허공으로 떠오르고, 검은색의 피가 분수처럼 솟구쳤다.

이곳에 투입된 에스퍼들은 특급에 속하지 못했지만 몸은 강철처럼 단단했다. 움직임과 반응하는 속도는 일반인의 열 배를 넘었고, 파괴력은 맨 주먹으로 10센티미터 두께의 쇠를 뚫을 정도로 강했다.

그럼에도 그들은 이혁의 일격조차 감당하지 못했다.

그들이 정통의 무예로 그런 경지에 오른 강자였다면 상황은 조금 달랐을 것이다. 하지만 인위적으로 강화시킨 능력으로는 이혁을 상대할 수 없었다.

이혁의 손끝이 꽉 닫혀 있는 문에 닿았다.

환상혈조가 움직이고 문이 일부가 떨어져 나갔다.

가라앉는 검은 피분수를 뒤로하고 이혁은 가공할 속도로 좁은 공간을 벗어났다. 자신의 앞에 펼쳐진 광경을 본 그의 입가에 미소가 떠올랐다.

엘리베이터 앞은 활짝 펴진 부채 형태로 만들어진 작은 광장이었다. 천장까지는 4미터가량 되었고, 광장은 강철의 벽으로 둘러싸여 있었다. 그 벽 사이로 세 개의 길이 나 있었는데 끝에는 굳게 닫힌 문이 있었다.

지금 이혁 앞의 광장은 비어 있지 않았다.

악취를 풍기는 자들 오십 명이 그를 기다리고 있었던 것이다. 암향부동을 푼 상태임에도 그들 때문에 이혁이 보이지 않는 듯 총탄은 날아들지 않았다.

설령 그가 보였다 해도 총을 쏘기는 쉽지 않았을 것이다. 그는 흐릿한 잔영으로밖에 보이지 않았으니까.

에스퍼라 불리는 능력자들조차 이혁의 움직임을 따라가지 못하는데 아무리 훈련받은 자들이라 해도 평범한 사람이 맨눈으로 그를 보는 건 불가능에 가까운 것이다.

스슷! 스슷!

쩌걱!

푸확!

기묘한 소리가 쉴 새 없이 났다. 뒤를 이어 광장 곳곳에서 검은 피분수가 폭죽이 터지듯 솟아올랐다.

이혁을 죽이기 위해 대기하고 있던 에스퍼들은 몸을 움찔움찔거리다가 목이 잘린 채 쓰러지고 있었다. 언뜻 인지능력이 떨어지는 것처럼 보일 정도로 그들의 움직임은 부자연스러웠다.

그건 감각과 몸이 조화를 이루지 못했기 때문에 벌어지는 현상이었다.

그들은 자신들 사이를 바람처럼 빠져나가는 이혁을 따라잡으려 했다. 하지만 그들이 움직이기도 전에 그는 이미 진행 방향을 급격하게 바꾸었다.

그의 속도를 감당하지 못한 에스퍼들의 몸이 꼬이며 뒤틀렸다.

이혁은 그런 에스퍼들의 목을 여유 있게 수확하고 있는 것이다.

지독한 악취가 광장을 뒤덮었다. 철벽 위장이라고 불

릴 만큼 비위가 강한 이혁조차 그 냄새에 집중력이 흐트러질 지경이었다.

눈살을 찌푸린 그는 광장 끝의 벽에 몸을 붙이고 섰다.

광장은 검은 피의 연못이라고 불러도 무방하게 변해 있었다. 그리고 그 연못 속에 목과 몸이 분리된 시신들이 작은 동산처럼 쌓여 있었다.

방벽이 되었던 에스퍼들이 시신으로 화했지만 총탄은 여전히 날아들지 않았다.

벽 사이의 복도에 숨어 총을 들고 있는 자들의 안색은 그야말로 시체처럼 창백했다.

40명가량의 경비부대원은 이곳에서 적게는 3년부터 많게는 10년이 넘게 근무를 해왔기 때문에 에스퍼들이 어떤 존재인지 잘 알고 있었다.

그들이 아는 에스퍼들은 최하급으로 분류되는 자조차도 개개인이 일개 중대를 궤멸시킬 전투력을 갖고 있었다.

지금 센터에 남아 있는 에스퍼들 중에 특급은 없었다. 그러나 모두가 하급의 에스퍼이거나 그에 근접한 능력을 가진 실험체들이었다.

그런 자들 50명이 몇 분도 지나기 전에 전부 자신들의 피로 만들어진 피 구덩이에 몸을 눕힌 것이다.

경비부대원들의 얼굴은 절망으로 가득 찼다.

그들을 절망케 한 적이 코앞으로 다가서고 있었다.

타타타타타타탕!

총성은 격렬했다. 그러나 그것은 채 1분도 지나지 않아 침묵당했다.

광장을 채운 검은 피의 연못에 복도에서 콸콸거리며 쏟아져 나온 선홍색이 섞이며 검붉은색으로 변했다.

이혁은 무표정한 얼굴로 시산혈해(屍山血海)를 뒤로하고 복도 끝으로 걸어갔다.

앞을 막은 합금문은 두꺼웠지만 그것이 장애가 되지 못한다는 건 이미 수차례에 걸쳐 증명된 바였다.

환상혈조에 의해 조각난 합금문이 안쪽으로 쓰러졌다.

쿵!

동시에 거대한 폭발음이 지하를 뒤흔들었다.

콰콰콰쾅!

지반이 붕괴되고 있었다.

제10장

쿠쿠쿠쿠쿠!

오랜 세월 함백산을 바라보며 제자리를 지켜왔던 깊은 계곡이 주변의 절벽까지 끌어들이며 붕괴되고 있었다.

물속에서 헤엄치는 사람의 발목을 잡아당겨 죽음으로 이끈다는 물귀신을 연상시키는 광경이었다.

계곡에서 300미터 떨어진 봉우리의 중턱.

넝쿨과 나무로 입구가 가려져 있는 작은 동굴의 문이 열리며 이호열을 비롯한 30여 명이 걸어나왔다.

맨 앞에 서 있는 이호열은 흔들리는 지반을 발로 세게 디디며 이를 악물었다.

형태를 거의 잃은 계곡을 바라보는 그의 강팍한 얼굴이 짜증과 분노로 악귀처럼 일그러졌다. 그가 이를 갈며 중얼거렸다.

"죽기 전에 이런 일을 또 겪을 것이라고는 상상도 하지 않았었는데… 찢어 죽일 놈……!"

김동수가 조심스럽게 그의 눈치를 살피며 말했다.

"센터장님, 진정을… 그자는 압살당했을 겁니다. 저런 규모의 폭발 속에서 살아나온다면 그자는 사람이 아니라 신이겠지요."

윤호가 말을 더했다.

"지하 100미터 밑에 만들어진 센터 전 지역이 붕괴되었습니다. 살아날 가능성은 전무합니다."

그는 이호열이 준비시킨 마지막 조치, 핵심자료들을 다른 지역의 예비 연구 시설로 전송시키고 연구소의 자폭 단추를 작동시킨 사람이었다.

연구소는 폐광이 있던 자리를 리모델링해서 지어졌다.

지하 곳곳이 공동화된 지역이어서 핵심지역 몇 군데만 폭발시켜도 광범위한 지반 붕괴를 이끌어낼 수 있었다.

이곳을 리모델링하던 때부터 최고결정권자는 최악의 상황까지 고려해서 대비를 했다. 그것을 오늘 사용한 것이다.

이호열은 고개를 끄덕였다.

“그렇겠지. 하지만 화가 가라앉지를 않는다. 내 손으로 직접 찢어죽였어야 했는데… 후우, 어떻게 그자가 이곳에 연구소가 있다는 것을 알 수 있었던 걸까?”

모두가 침묵했다.

아무도 답을 알고 있지 못했다.

윤호가 조심스럽게 입을 열었다.

“진혼의 정보망이 부활한 게 아닐까요? 위에서 그자를 한 번에 바로 알아보셨다고 하지 않았었습니까…….”

김동수도 한마디를 거들었다.

“저도 그자가 진혼의 잔당이라고 생각합니다, 센터장님.”

조금 펴졌던 이호열의 안색이 다시 일그러졌다.

“나도 그럴 거라고 생각한다. 그래서 더 화가 난다. 8년 전에도 진혼의 떨거지들 때문에 연구소가 파괴되었는데… 이번에 또… 으드득!”

김동수와 윤호의 얼굴에도 분노가 떠올랐다.

그들이 이호열과 함께한 세월은 길었다. 당연히 8년 전 침입자에 의해 연구소가 폭발하던 그날에도 그들은 함께 있었다.

김동수가 말했다.

“센터장님, 이제 노여움을 조금 푸시는 게… 8년 전 그 짓을 했던 자들은 에스퍼들에 의해 갈기갈기 찢겨 죽었고, 저자도 지하에 생매장당해 죽었으니까요.”

“하지만 피해가 너무 크다. 게다가 회장님께서는 저자를 잡으려 하셨는데… 저 밑에 묻힌 놈의 시신을 꺼내는 것도 쉬운 일은 아니다. 으드득.”

이호열은 말을 하며 다시 화가 치미는지 이를 부드득 갈았다.

그때였다.

투투투투투투투투—

서쪽 하늘에서 둔탁한 프로펠러 소리가 들리며 다섯 대의 Uh—60 헬기가 나타났다.

헬기들은 빠르게 가까워졌고, 곧 이호열 일행이 있는 지점의 상공에 도착했다.

휘이이이잉—

다섯 대의 헬기 프로펠러가 일으키는 세찬 바람에 근처의 나뭇가지들이 부러질 듯 흔들리고 바닥에 쌓여 있던 낙엽들이 회오리를 치며 사방으로 날아다녔다.

이호열이 있는 지점에 헬기가 착륙할 장소는 없었다. 그러나 아무도 그것들이 어디에 착륙할 것인지 궁금해하지 않았다.

헬기의 문이 열리더니 검은 전투복을 입고 등에 커다란 백팩을 짊어진 사람들이 연이어 뛰어내렸다.

헬기는 지면에서 십여 미터 상공에 떠 있었지만 강하할 때 망설이는 모습을 보이는 자는 한 명도 없었다.

특이한 건 그들 중 마지막에 뛰어내린 세 명이 백팩 대신 사람을 각기 한 명씩 등에 업고 있다는 것이었다.

그러나 이 모습 역시 기다리던 사람들에게 궁금증을 유발시키지 못했다.

모든 것이 훈련 내용 속에 들어 있던 것이었다. 그리고 이런 장면을 본 적도 한두 번이 아니었다.

타고 있던 전투원들의 강하를 끝낸 헬기가 빠르게 상승했다. 그리고 곧 산 너머로 모습을 감추었다.

도열한 전투원들의 후미에 서 있던 세 명의 에스퍼가 등에 업혀 있던 사람들을 내려놓았다. 셋 다 남자였다.

그들 중 가운데에 있는 사람이 손으로 어깨의 먼지를 털며 이호열과 눈을 맞추었다. 그는 잘 다림질된 깔끔한 회색 수트와 구두를 입은 사십대 중반의 남자로 대단한 미남이었다.

그를 본 이호열이 놀란 얼굴로 앞으로 나서며 고개를 숙였다.

"전투분과장님께서 직접 오실 줄 몰랐소."

전투분과장이라 불린 사내, 박철규도 마주 고개를 숙이며 말을 받았다.

"이곳 일은 할아버님께서 직접 챙기시고 계십니다."

이호열의 안색이 확 변했다.

"총회장님께서 말입니까?"

"예."

두 사람은 서로에게 존대하고 있었지만 위계는 확실히 구분되었다.

박철규는 바지 호주머니에 손을 집어넣은 채 붕괴되고 있는 계곡을 보고 있었고, 이호열은 그의 옆에 공손한 자세로 서 있었다.

그럴 수밖에 없었다.

이호열은 연구 능력으로 태양회 내에서 열 손가락 안에 꼽히는 요인의 자리에 오른 입지전적인 인물이었고, 능력 또한 탁월했다.

게다가 나이도 칠십대였다. 하지만 박철규는 그런 것

이 통할 상대가 아니었다.

그는 태양회를 만든 창립자의 혈손이었으니까. 그래도 공식적으로 그들의 직책은 동급이었다. 그래서 박철규도 이호열에게 존대하는 것이다.

박철규가 눈살을 찌푸리며 입을 열었다.

"그자는 못 나온 겁니까?"

"폭발에 휘말리는 것까지는 감시 카메라로 확인했소. 하지만 아직 붕괴가 진행 중이어서 그 이상은 파악하지 못했소."

박철규는 입을 다물고 계곡에 시선을 고정시켰다.

붕괴는 조금씩 진정되고 있었다.

주변 절벽들은 간간이 돌만 흘릴 뿐 더 이상 무너지지 않았고, 지반도 내려앉는 것을 멈추었다.

간헐적으로 발생하는 진동이 붕괴가 아직 완전히 끝나지 않았음을 알려줄 뿐이었다.

이호열과 박철규는 인적피해와 연구소 시설 붕괴로 인한 물적 피해에 대해 한 마디도 언급하지 않았다.

그들은 귀한 자료와 시설이었지만 저 안에 압살되었을 것이라 추정되는 적의 가치에 비한다면 아무것도 아니었다.

박철규는 고개를 돌려 옆을 보았다.

거기에는 그와 함께 특급 에스퍼의 등에 업혀 내린 두 명이 군용 무전기와 비롯한 형태의 장비를 조작하고 있었다.

"백홍식."

두 명은 모두 체격이 가늘고 허약해 보였다. 전투분과 소속이라는 게 얼핏 이해가 가지 않는 체격의 소유자들이었다.

하지만 눈빛만은 호전적이고 강하게 빛나고 있어서 마냥 약해 보이지만은 않았다.

박철규가 전투분과의 지휘자라면 허약한 체격의 두 사람, 백홍식과 이성식은 그의 보좌역을 맡고 있는 브레인들이었다. 물론, 그저 머리만 좋은 남자들은 아니었다.

그들 중 조금 더 나이가 많아 보이는 남자, 백홍식이 대답했다.

"예."

"생명 반응은?"

백홍식은 손에 들고 있는 장비를 힐끗 보며 대답했다.

"보이지 않습니다. 하지만 그자는 적외선과 열 영상 감지 장비가 통하지 않는 특수 기술과 투명화 능력을 보유한 자입니다. 생명 반응이 없다는 게 죽었음을 의미한다고 보기는 어렵습니다."

박철규가 입맛을 다셨다.

"쩝, 그런가. 그럼 결국 파봐야 알겠군."

백홍식이 쓰게 웃으며 말을 받았다.

"예, 그래야 할 것 같습니다, 과장님."

그들은 이혁이 폭발로 붕괴된 계곡을 자력으로 빠져나올 가능성이 제로에 가깝다고 보았다.

지하에서 벌어진 싸움을 본 터라 그가 초인적인 능력을 가지고 있다는 걸 알고 있었다.

하지만 저곳을 벗어나기 위해서는 전투력과는 완전히 다른 능력이 필요했다.

한 사람이 최고 수준의 다중 초상 능력을 보유하는 건 초인에 대한 상식에서 너무 많이 벗어나 있었다.

박철규가 물었다.

"붕괴가 안정되는 건 언제쯤이라고 생각하나?"

"에스퍼들이 작업을 개시할 수 있는 건 두 시간 후 정도면 될 겁니다. 추가 붕괴가 있을 겁니다만 그런 것들이 에스퍼를 위태롭게 만들 리는 없습니다."

"쩝, 별수 없이 기다려야겠군."

박철규가 짜증스런 기색이 완연한 얼굴로 혀를 찼다.

백홍식이 에스퍼들에게 손짓으로 지시했다.

장승처럼 서 있던 에스퍼들이 등에 메고 있던 백팩을 내린 후 그 안에서 복잡한 장비들을 꺼내더니 조립하기 시작했다.

그들의 기계처럼 숙달된 손놀림은 정체를 알기 어려운 몇 개의 거대한 무기를 빠른 속도로 조립해 냈다.

그들이 조립한 무기는 90밀리 M67 무반동총과 형태는 비슷했다. 그러나 디테일에서는 차이가 났다.

일단 크기가 M67보다 반 이상 컸다, 언뜻 보면 106밀리로 착각할 정도로. 하지만 휴대 가능한 마지노선을 지켰다는 점에서 106밀리와는 달랐다.

장전되는 포탄의 크기는 80센티가량으로 106밀리와 90밀리 무반동총 포탄의 중간 정도 크기였다.

이 무기는 연구소에서 m67을 기반으로 에스퍼들이 사용하도록 개량한 것으로 자체적으로는 대초인 전용 무반동총이라고 불렀다.

그래서 탄환도 개량된 성형작약탄두를 사용하는 HEAT탄(대전차고폭탄)밖에 없었다.

초인을 상대하는데 산탄류의 대인용 탄환은 무용지물

에 가깝기 때문이다.

외형도 살벌했지만 이 전문적으로 초인을 상대하기 위해 개량된 총의 무서운 점은 포탄에 장착된 레이더가 에스퍼의 뇌파에 연동되어 목표물을 추적하는, 능동 유도가 가능하다는 점에 있었다.

그리고 이 무기는 에스퍼들 외에는 사용이 불가능했다.

총과 포탄에 지문처럼 저장되어 있는 그들의 뇌파가 아니면 장전조차 안 되기 때문이다.

조립된 대초인 전용 무반동총은 모두 열 대였다.

에스퍼 10인은 자신의 몸집보다도 더 커 보이는 그것을 가볍게 어깨에 거치시키고 부동자세를 취했다.

그때 계속해서 장비의 화면을 보고 있던 이성식의 입에서 기괴한 신음성과 고함이 터져 나왔다.

"어어… 이거 좀 보십시오!"

"응?"

사람들의 시선이 장비의 화면을 향했다.

아무것도 보이지 않던 화면이 격렬한 붉은 빛의 파동으로 물드는 게 보였다.

가장 깊은 곳에서 한 점으로 시작된 작은 파동은 가공

할 속도로 상승하며 부피를 키우고 있었다.

안색을 굳힌 박철규가 화면에서 시선을 떼고 계곡으로 눈을 돌렸다.

동시에 적색 파동이 화면 전체를 덮을 만큼 커졌다. 그리고 귀를 찢는 폭발음이 다시 한 번 계곡을 떨어 울렸다.

쾅!

폭발하는 돌조각과 흙먼지를 뚫고 누군가가 허공으로 날아오르고 있었다.

먼지 폭풍 때문에 선명하지는 않았지만 지하에서 뛰쳐나온 존재가 사람의 형태를 갖고 있다는 걸 알아보기는 어렵지 않았다.

박철규의 눈가에 붉은 기운이 떠올랐다.

그가 중얼거렸다.

"흐흐흐, 정말로 저길 빠져나온 거야… 정말 기대를 배신하지 않는 자로군. 반드시 잡아서 해부를 해봐야겠어."

그가 에스퍼들을 향해 짧게 명령했다.

"쏴!"

에스퍼들이 일제히 표적을 향해 무반동총의 방아쇠를

당겼다.

푸슈슈슈슈슉!

육중한 소음과 함께 80센티미터 길이의 포탄 열 개가 일제히 총신을 떠났다. 무반동총의 후미로 거대한 가스 후폭풍이 일어났다.

에스퍼들의 눈은 한순간도 표적을 벗어나지 않았다.

태양회에서 에스퍼라 부르는 이들은 전통적인 의미에서의 초감각적 지각(ESP) 능력자와는 달랐다. 그런 능력을 갖고 있지도 않았다.

그들이 보유하고 있는 것은 태양회의 비밀 연구소에서 만들어낸 일련의 약물과 특수한 과정을 통해 극적으로 강화된 육체였다.

그렇게 강화된 육체적 능력이 ESP보다 나으면 나았지, 못하지 않다고 생각했기에 회에서는 그들을 에스퍼라 부르게 된 것이다.

에스퍼의 감각과 반응 속도, 힘은 보통 사람보다 수십 배 뛰어나다.

6.0을 넘나드는 그들의 시력은 붕괴된 계곡의 지면을 뚫고 뛰쳐나온 사람이 너덜너덜한 옷을 걸친 이십대 중반의 남자라는 것을 알아보았다. 그 남자가 이동하는 궤

적을 쫓는 것도 가능했다.

그들의 눈이 표적을 놓치지 않는 한 무반동총의 HEAT탄도 헛되이 허공을 가로지를 일은 없었다.

지면을 뚫고 나와 허공으로 20여 미터를 솟구친 이혁이 처음 본 것은 자신을 향해 날아드는 십여 발의 거대한 포탄이었다.

쐐애애액—

멀리 검은 전투복을 입은 자들이 들고 있는 무반동총과 날아드는 포탄을 본 그는 혀를 찼다. 포탄이 어떤 종류의 것인지는 맞아보지 않아도 충분히 짐작이 갔다.

청부업자로 몇 년을 생활한 그였다. 자신 같은 부류의 적을 상대하려면 대인용 포탄으로는 어림도 없다는 걸 누구보다 잘 아는 사람이 그인 것이다.

그는 짜증 섞인 어투로 욕을 해댔다.

"빌어먹을!"

입고 있던 옷이 걸레가 되었지만 피는 보이지 않았다. 외상은 없는 것이다.

그러나 전신에 흙을 뒤집어쓰고 있어 그를 아는 사람조차 외모만 보아서는 그를 알아보기가 쉽지 않을 듯했다.

무엇보다도 그는 지하에서 벗어나기 위해 전력을 다한 터라 상당히 지쳐 있었다.

“뭔가 기다리고 있을 거라는 건 알았지만 그래도 포탄 세례는 너무하잖아. 이 나라 치안은 대체 어디다 팔아먹은 거야!”

처한 상황은 황당할 정도로 급박했지만 포탄을 주시하며 중얼거리는 그의 목소리에서는 여유가 느껴졌다.

이미 마음의 준비를 하고 있었기 때문이다.

그는 연구소에 침입하기 전부터 자폭에 의한 붕괴를 염두에 두었다.

태양회의 비밀 연구소는 폐광을 리모델링한 것이다. 그리고 광산은 지하에 미로처럼 얽힌 통로를 만드는 과정에서 지반을 약화시킨다는 건 상식에 속한다.

몇 군데만 손을 봐도 연구소 전체를 지하에 묻어버리는 것은 어렵지 않은 일이었다.

그는 최악의 상황까지 내몰리면 연구소의 책임자가 자폭을 결정할 가능성이 대단히 높다고 보았다.

21세기에 생체 실험을 마다하지 않는 사이코패스의 과단성은 과대평가할 필요가 있는 것이다.

준비하고 있었기에 연구소가 폭발하는 순간 그는 최단 시간 내에 미리 보아두었던 탈출로를 이용할 수 있었다.

그가 이용한 곳은 지상에서 내려올 때 사용했던 승강기 통로였다.

당연히 그곳도 폭발에 휘말렸다.

폭발에 의해 조각난 바위덩이들이 우박처럼 쏟아지며 텅 빈 승강기의 수직 통로를 메웠다.

하지만 그렇게 바위들이 공간을 메우기 위해 추락하는 찰나의 시간이 이혁에게는 탈출의 틈이 되어주었다.

그는 초연물외공과 천강귀원공의 금강결로 몸의 내외부를 보호하고, 섬뢰잠영공으로 이동속도를 극대화시켰다.

수직으로 솟구치며 바위를 피할 때 사용한 운신법은 유사비은과 암룡둔행술이었다.

몸을 뼈가 없는 연체동물처럼 만드는 유사비은은 바위와의 충돌로 인한 피해를 최소화시켰고, 유연하면서 급격한 방향 전환에 특화된 암룡둔행술은 코앞의 바위덩이 표면을 미끄러질 수 있도록 해주었다.

거기에 혈우팔법 중 흡룡와류폭으로 머리 위에 소용돌이치는 나선형 폭풍을 만들어 바위들의 방향을 비틀고,

그들로도 처리하지 못한 바위는 폭뢰경혼추와 구겁천뢰탄으로 파괴했다.

그는 한순간도 쉬지 않고 암왕사신류의 비전기법들을 펼치며 지상으로 빠져나왔다. 제아무리 튼튼한 육체와 강대한 내공을 가진 그도 지치지 않을 수 없었던 것이다.

눈 한 번 깜박일 정도밖에 지나지 않은 듯한데 열 발의 포탄은 어느새 십여 미터 앞까지 다가와 있었다.

쑤와악—

이혁의 몸이 순간적으로 무거워지며 격렬한 파공음과 함께 유성처럼 땅으로 떨어졌다. 포탄들도 그를 따라 방향을 바꾸며 아래로 내리꽂혔다.

그의 속도는 빨랐지만 포탄을 떨쳐 낼 정도는 되지 못했다.

금방이라도 포탄에 적중당할 것만 같은 상황이었다. 하지만 그의 얼굴에는 지친 기색만 떠올라 있을 뿐 어떤 위기에 대한 불안이나 초조함 같은 감정은 눈을 씻고 찾아도 보이지 않았다.

그가 포탄을 노려보며 소리쳤다.

"레나, 보고만 있을 거야?!"

그 말이 끝나기도 전에 계곡 뒤편의 산중턱에서 눈부

신 백색의 섬광이 긴 포물선을 그리며 전장으로 날아들었다.

거대한 빛무리로 보이는 섬광의 속도는 포탄과는 비교조차 할 수 없을 만큼 빨랐다.

그것은 모습을 드러내자마자 전장에 도착했고, 열 발의 포탄을 태풍에 휩쓸린 가랑잎처럼 만들어 버렸다.

콰콰콰콰콰콰쾅!

이혁의 10미터 전방에서 귀를 찢는 폭발음이 나며 지진처럼 땅이 흔들렸다. 그리고 거대한 불꽃이 피어오르며 뜨거운 열기를 품은 흙먼지가 구름처럼 퍼져 나갔다.

이혁은 눈살을 찌푸리며 이마를 손바닥으로 쓸었다. 세찬 바람에 휘말린 머리카락이 손등을 간질였다.

이마를 닦은 손바닥을 본 그는 혀를 찼다.

"쩝, 두더지가 울고 갈 몰골이로군."

손바닥은 땀과 흙으로 범벅이 되어 있었다.

포탄의 파편은 그가 있는 곳으로 오지 못했다.

백색의 섬광이 빗자루로 쓸 듯이 형태를 가진 건 모조리 다른 방향으로 몰아버렸기 때문이다.

덕분에 그는 쇳조각들을 피하기 위해 힘을 쓰지 않아도 되었다, 흙먼지를 뒤집어쓰는 것만큼은 피할 수 없었지만.

이혁의 등 뒤에서 쿡쿡거리는 웃음소리가 섞인, 듣기만 해도 가슴이 시원해지는 여인의 목소리가 들려왔다.

"호호, 켄, 지금 모습 정말 낯선걸!"

외국어에 약한 사람들에게는 아쉽게도 여인은 영어로 말하고 있었다.

이혁은 고개를 돌렸다.

50미터 정도 떨어진 능선의 뒤편에서 줄리앙을 필두로 레나와 에이든을 비롯한 독수리의 발톱 소속 능력자들이 걸어나오고 있었다.

말한 사람은 그리스 여신상을 연상시키는 절세의 미인, 레나였다.

"우리가 조금 늦은 것 같네. 미안, 켄!"

미안하다는 말과 달리 그녀는 환하게 웃으며 아직도 백색의 불꽃이 이글거리는 두 손을 들어 이혁에게 흔들었다.

"그리 늦은 건 아니야."

이혁은 어깨를 으쓱하며 말했다. 그들이 짧은 대화를 나누는 동안 폭발의 여파가 가라앉으며 양측의 모습이 다 드러났다.

레나 일행과 이혁을 번갈아보는 이호열의 안색은 창백했다. 조금 느긋하게까지 보이던 박철규의 안색도 돌처럼 딱딱하게 굳어 있었다.

"독수리의 발톱? 미국이 왜 여기에……?"

박철규의 입술 사이로 흘러나오는 말은 신음 소리처럼 들렸다. 그가 받은 심적 충격이 적지 않음을 알 수 있게 해주는 반응이었다.

이혁의 옆에 도착해 걸음을 멈춘 줄리앙이 이마에 주름을 지으며 입을 열었다.

"상상은 자네 자유라 뭐라 할 마음은 없다만 그런 오해는 별로 달갑지 않군. 이번 일은 미국과는 상관없다네, 젊은 친구."

그가 이혁을 눈짓으로 가리키며 말을 이었다.

"이건 이 친구와 우리 사이의 개인적인 일이라네."

뜻밖에도 줄리앙은 한국어에 꽤나 능숙해서 목소리만 들었다면 누구도 그가 외국인이라고 생각하지 못할 듯했다.

박철규의 눈빛이 강해지며 입가에 비웃음이 떠올랐다.

"훗, 믿을 소리를 해야 믿지. 독수리의 발톱 마스터의 좌장이라고 불리는 줄리앙 버릴과 요원들이 개인적 친분 때문에 이 자리에 나타났다는 말을 나보고 믿으라는 건가?"

줄리앙은 어깨를 으쓱했다.

"믿으라고 한 적은 없는데?"

박철규의 눈동자에 긴장된 기색이 완연해졌다.

'잡을 수 있을까?'

그는 갈등하고 있었다.

그가 거느리고 있는 특급 에스퍼들의 능력은 의심의 여지가 없을 만큼 강력했다. 하지만 상대도 만만찮았다.

이혁의 가공할 전투력이야 이미 이곳에 오기 전에 영상을 통해 질리도록 보았다.

거기에 이 세계의 배후에서 움직이는 초상 능력자 그룹들 중 톱클래스에 속한다고 공인된 독수리의 발톱 소속 요원이 다섯 명이나 있었다.

싸워서 필승할 자신을 갖기 어려운 상대였다. 가능성을 최대치로 잡아도 자신들도 몇 살아남지 못한 상태의 승리 정도였다.

속으로 이가 갈렸지만 지금은 물러나야 할 때였다.

에스퍼는 그가 데리고 온 특급이 전부였다. 이 전력은 어떤 경우에도 보존되어야만 했다. 만약 이들을 잃는다면 할아버지의 분노를 감당하기 어려울 테니까.

그는 마음의 결정을 하고 이호열을 돌아보았다.

"온전한 철수는 어려울 것 같습니다."

이호열은 박철규가 어떤 생각을 하는지 단번에 알아보았다.

그의 입가에 미소가 떠올랐나.

"분과장의 윗분들 덕택에 평생 하고 싶은 연구를 하며 살았소. 생에 미련은 없소. 다만 복수를 잊지는 말아주시오."

사람의 목숨과 인권이 무엇보다 고귀한 가치로 올라선 이 세상에서 생체 실험을 자유롭게 하는 건 불가능에 가까웠다. 하지만 이호열은 그것을 원 없이 하며 살아왔다. 지난 수십 년 동안 그가 산 채로 해부한 사람의 수는 수천 명을 넘었다. 그것을 가능하게 해주었던 것이 태양회였고, 박씨 가문이었다.

박철규는 이를 악물며 고개를 끄덕였다.

"반드시."

대화는 낮은 목소리로 이루어졌다. 하지만 이혁은 100미터 밖에서 개미가 기어가는 소리도 들을 수 있는 청력의 소유자다.

그가 손가락으로 귀를 후비며 입을 열었다.

"김칫국들 거하게 마시고 있구만."

목소리를 듣고 고개를 돌린 박철규와 이호열의 눈이 그와 마주쳤다.

이혁이 흰 이를 드러내며 싱긋 웃었다.

"너희들은 이 자리에서 죽어. 그러니까 내일 아침 떠오르는 해를 볼 수 있을 거라는, 그런 개꿈은 꾸지 마."

긴장감 떨어지게 만드는 심드렁한 어투였다. 하지만 듣는 이들은 긴장감이 떨어지기는커녕 온몸에 소름이 돋는 것을 느껴야만 했다.

그의 목소리에 담겨 있는 살기는 그렇게 짙었다.

말이 끝남과 동시에 이혁이 움직였다.

그는 바람처럼 박철규가 있는 곳으로 내달렸다. 동시에 야마다와 카를로스가 그의 뒤를 쫓아 뛰었다.

줄리앙과 레나, 에이단은 뒤에 남았다. 그들의 능력은 야마다와 카를로스처럼 근접 전투에 특화된 것이 아니었기 때문이다.

레나의 손에서는 백색의 섬광이, 줄리앙의 손에서는 이글거리는 초고열의 화염이 이글거렸다.

에이단은 그들의 등 뒤에 서서 동료들을 바라보았다.

겉보기에 아무것도 하지 않는 것 같지만 사실상 이 팀에서 가장 중요한 역할을 담당하고 있는 사람이 그였다.

그의 능력은 두 가지로 하나는 광역 스캔이었고, 다른 하나는 근접한 동료의 전투력을 몇 배로 증폭시키는 것이었다.

두 번째 능력은 이혁소차도 적이 되었을 때 가장 까다로울 것이 분명하다고 말할 정도였다.

이것 때문에 외부인들은 그를 초상 능력계의 트릭스터(Trickster:사기꾼, 마술사)라고 부르곤 했다.

박철규는 굳은 얼굴로 손짓을 했다.

지시를 읽은 에스퍼들은 일제히 무반동총을 버렸다. 이미 효과가 전무하다는 게 증명된 무기였다. 들고 있어봤자 전투에 방해만 될 터였다.

그사이에 이혁과 일행 둘은 박철규의 20미터 앞까지 다가와 있었다.

그들을 향해 에스퍼들이 땅을 박차며 뛰쳐나갔다. 이혁 일행에게 뒤지지 않는 폭발적인 움직임이었다.

하지만 그들은 이혁 일행에게 도달하기도 전에 다른 것을 먼저 맞이해야만 했다.

끔찍할 정도로 뜨겁게 달아오른 화염의 비와 가공할

압력이 담긴 백색의 섬광이 그들의 머리로 쏟아졌다.

에이단에 의해 증폭된 레나와 줄리앙의 합작품이었다.

박철규는 백홍식과 이성식을 돌아보며 고개를 끄덕였다. 품(品) 자 형태를 취하고 서서 활짝 편 그들 세 사람의 손바닥에서 똑바로 보기 어려운 강렬한 빛이 새어 나왔다.

검고, 푸르고, 붉은 삼색광은 박철규의 앞에서 만나 밧줄처럼 서로의 몸을 꼬아 하나가 되어 앞으로 날아갔다.

그 정면에 레나와 줄리앙이 쏟아낸 힘이 있었다.

콰콰콰쾅!

거대한 폭음과 함께 허공이 산산이 부서지며 빛의 파편들이 태풍처럼 휘몰아쳤다.

백색의 섬광과 불의 비는 사라졌다.

흑청적의 삼색광도 사라졌다.

그 아래 이혁 일행과 에스퍼들이 무서운 기세로 부딪치고 있었다.

〈『켈베로스』 제12권에서 계속〉

1판 1쇄 찍음 2016년 1월 28일
1판 1쇄 펴냄 2016년 2월 3일

지은이 | 임준후
펴낸이 | 정 필
펴낸곳 | 도서출판 **뿔미디어**

편집장 | 이재권
기획 · 편집 | 문정흠

출판등록 | 2002년 9월 11일 (제1081-1-132호)
주소 | 경기도 부천시 원미구 소향로 17번길(두성프라자) 303호 (우) 14544
전화 | 032)651-6513 / 팩스 032)651-6094
E-mail | bbulmedia@hanmail.net
홈페이지 | http://bbulmedia.com

값 8,000원

ISBN 979-11-315-6977-1 04810
ISBN 979-11-315-1140-4 04810 (세트)

※파본은 구입하신 서점에서 교환하여 드립니다.

BBULMEDIA

BBULMEDIA